D1695979

Leandra Graf und Christian Seiler
Die Kaltenbach

Christian Seiler

Die Kaltenbach

Leandra Graf

Die Küche der Kaltenbach

Echtzeit Verlag

Vorwort

Als ich Marianne Kaltenbach kennen lernte, war sie in den besten Jahren. Das heißt: sie war 83, aber die Agilität und Vitalität, die sie ausstrahlte, ließen keinen Zweifel zu, dass diese elegante Frau nicht die geringste Lust hatte, sich von der Bürde ihrer Lebensjahre belasten zu lassen. Alt. Was fällt euch ein?

Wir gingen essen. Sie nahm deftige Speisen und gern ein Glas Wein und noch lieber noch eins. Sie war charmant, aufmerksam, zuweilen kokett wie ein junges Mädchen in seinen, sagen wir, Fünfzigern. Und sie wusste so viel! Erzählte Anekdoten, ließ berühmte Namen fallen, stocherte in den eigenen Erinnerungen, bis ihr eine originelle Antwort auf eine dumme Frage einfiel oder mindestens eine Pointe.

Der Grund, warum ich mit Marianne Kaltenbach die Luzerner Wirtschaft «Galliker» besuchte, um Rösti zu essen, und das Restaurant im Hotel «Balances», um die Luzerner Chügelipaschtete auszuprobieren, war meine Arbeit an einem Porträt der Kaltenbach für die WELTWOCHE. Eben waren ihre Standardkochbücher «Aus Schweizer Küchen» und aus «Italiens Küchen» neu aufgelegt worden, einmal mehr, und ich hatte mit dem damaligen WELTWOCHE-Art-Director Wendelin Hess bereits die eine oder andere Fachdiskussion geführt, wie das jetzt sei mit der einzig echten und wahren Rösti. Plötzlich – und befeuert durch die Freude an den Kochbüchern und dem aufmunternden Interesse von Hess – war der Entschluss gefasst, bei der Hüterin der kulinarischen Schätze persönlich vorzusprechen und im Selbstversuch herauszufinden, was herauszufinden war.

So kam ein Projekt in Bewegung, das jetzt, vier Jahre, nachdem ich mich höflich bei Frau Kaltenbach vorgestellt hatte, in dieses Buch gemündet ist und in ein zweites, das parallel dazu erscheint, das große Standardkochbuch «Aus Frankreichs Küchen».

Den Kontakt zu Marianne Kaltenbach hatte mir meine Freundin Leandra Graf vermittelt. Graf, viele Jahre lang für die kulinarischen Seiten von Schweizer Zeitschriften zuständig, zuerst für die ANNABELLE, heute für die SCHWEIZER FAMILIE, hatte gemeinsam mit Marianne Kaltenbach gearbeitet, als diese noch, bis 1996, die Rezeptkarten für die ANNABELLE besorgte.

Graf war die Person, die einzuschätzen wusste, wie bahnbrechend Marianne Kaltenbachs Kochbücher waren; welche kulturellen Ketten gesprengt werden mussten, damit die saisonale Küche mit frischen, gesunden Zutaten, wie sie Marianne Kaltenbach von Beginn an predigte, mehrheitsfähig werden konnte. Sie war in der Lage, mir den Grundansatz der Kaltenbach – gehobene Küche für jedermann – auf nachvollziehbare Weise zu dolmetschen.

Als das WELTWOCHE-Porträt erschien, lag Marianne Kaltenbach im Spital. Schon bei unserem letzten Treffen hatte sie hässlich gehustet, den Husten aber auf eine verschleppte Bronchitis zurückgeführt. Die Wahrheit war unbarmherzig: Marianne Kaltenbach litt an einem aggressiven Lymphdrüsenkrebs.

Eine Woche, nachdem sie mit der Therapie dagegen begonnen hatte, war sie tot. Das Porträt, das sie selbst noch aufmerksam und belustigt gegengelesen hatte, war zu einem optimistischen, unbeschwerten Nachruf geworden, zumal die Kaltenbach vor Tatendrang gesprüht hatte; dieses Projekt, ein anderes, nur keinen Stillstand.

Es ist Marianne Kaltenbachs Sohn Peter Berger zu danken, dass die Stimme seiner Mutter noch einmal zu hören ist, deutlich zu hören. Peter Berger, der selbst jahrelang mit Marianne in der Agentur CULINAS zusammengearbeitet und später mit seiner eigenen Firma Karriere gemacht hat, investierte viel Energie und guten Willen in den Wunsch, das Andenken Marianne Kaltenbachs handfest zu machen. Schon bei ersten Telefongesprächen ließ er durchblicken, wie viel Material zum Leben seiner Mutter er gesammelt und geordnet habe, und als wir anfingen, über ein biographisches Buch nachzudenken – Wendelin Hess hatte in der Zwischenzeit mit Beat Müller und Markus Schneider den Verlag ECHTZEIT gegründet und war höchst interessiert an einem Kaltenbach-Buch –, versicherte uns Berger nicht nur seiner ungeteilten Unterstützung, sondern wartete sogar noch mit einer Trouvaille auf: dem fixfertigen Manuskript eines französischen Standardkochbuchs, das Marianne Kaltenbach für die spätere Veröffentlichung vorbereitet hatte: «Aus Frankreichs Küchen».

Peter Berger, Leandra Graf, Wendelin Hess und ich verbrachten viele Stunden über den Bausteinen des Lebens von Marianne Kaltenbach. In diesem Buch ist zum ersten Mal aufgeschrieben, was eine große Figur des Schweizer Kulturlebens ausgemacht hat – und wie sich eine selbstbewusste Frau gegen viele Widerstände durchgesetzt hat, um ein Leben nach ihrer Façon zu führen.

Christian Seiler, *Wien und Zürich, im August 2008*

Christian Seiler

Die Kaltenbach

Ein biographischer Essay

Die Lozärner Chügelipaschtete

Frau Kaltenbach wartet höflich, bis sich die von Ohr zu Ohr grinsende Kellnerin Richtung Küche verflüchtigt hat, und inspiziert dann den Teller mit ihrer Vorspeise. Sie hat eine kleine Portion der Luzerner Kügelipastete – «ächti Lozärner Chügelipaschtete» – bestellt. Aber was sie gerade mit Gabel und distanziertem Blick in seine Bestandteile zerlegt, ist weder klein noch, *sorry to say that,* eine Chügelipaschtete. Der Blätterteigkorpus, wo ist der Blätterteigkorpus? Der Pastetendeckel, ja, der ist vorhanden. Aber der Rest? Die formspendende Hülle?

Die prüfende Gabel verursacht am Tellergrund ein hässliches Quietschen. Frau Kaltenbach versucht elegant, freundliches Interesse am Tellerinhalt vorzutäuschen, aber ihre Mundwinkel sinken störrisch zu einem wortlosen Kommentar in den Keller.

«Und die Brätkügeli? Warum sind die Brätkügeli so klein? Eine Chügelipastete ist doch kein Kugellager! Wissen Sie, der Koch macht dieses Gericht mit Weinbeeren. Aber ich sehe vor lauter Weinbeeren keine Brätkügeli mehr.»

Die Kellnerin taucht unversehens wieder am Tisch auf. Ihr Lächeln hat nicht an Breite, wohl aber an Glanz verloren.

«Alles in Ordnung, Frau Kaltenbach?»

Aber Frau Kaltenbach antwortet kühl: «Schicken Sie mir den Koch.»

Die Frau, die der Schweizer Küche Gestalt und Inhalt gegeben hat, trägt einen blauen Blazer mit goldenen Knöpfen, einen dunkelblauen Jupe und schwarze Schuhe mit blitzenden Messingschnallen. Sie sitzt kerzengerade auf ihrem Sessel und herrscht gut gelaunt über den Tisch. Ihr Lächeln hat viele

Facetten. Marianne Kaltenbach lächelt genießerisch, souverän und selbstbewusst. Wenn notwendig, hat sie auch etwas mädchenhaft Kokettes im Repertoire.

Sie strahlt. Sie will, dass man ihr ansieht, wie zufrieden sie ist, plusminus. Sie blickt auf ein gelungenes Leben zurück. Sie ist 84 Jahre alt, und ihr Name bürgt für eine eindrucksvolle Qualität: Kaltenbach verleiht anderen Menschen die Fähigkeit, besser zu kochen, als sie das eigentlich können. Sie müssen sich bloß an folgende Gebrauchsanweisung halten: «Lesen Sie die Rezepte vor dem Kochen oder noch besser bereits vor dem Einkaufen genau durch. So werden Ihnen der Ablauf des Kochens und die Zusammenhänge klar, und Sie können sich anschließend alle Arbeiten genau einteilen und vieles im Voraus machen. Dieses Vorgehen ist besonders wichtig bei Gerichten, die vor dem Anrichten noch kleine Handreichungen erfordern. Gut vorbereitet ist halb gekocht.»

In einer Zeit, in der Heston Blumenthal als bester Koch der Welt gefeiert wird, weil er Eis serviert, das nach Speck-mit-Ei schmeckt, oder Lachs mit Lakritze, muten diese Ratschläge natürlich handgestrickt und anachronistisch an. Tatsächlich haben Marianne Kaltenbachs Kochbücher nichts mit gastrosophischen Spitzenerzeugnissen gemein, nach deren Lektüre man vielleicht Verständnis dafür aufbringt, warum weiße Schokolade und schwarze Oliven so gut zusammenpassen, ohne dass jedoch eine konkrete Handreichung für hilflose Leser mit Schürze vor der Brust erfolgen würde. Sobald die zahllosen neuen Autorenkochbücher allerdings versagen und mit den kreativen Herausforderungen der Chefs ihre ehrgeizigen Konsumenten überfordern, sind konkrete Küchenhilfen gefragt.

In diesem Augenblick hebt Marianne Kaltenbach die kleine, helle Glocke des helvetischen Handwerks und klingelt. Bimbim: So funktioniert eine vernünftige Rösti. Älplermagronen. Saucissons au chou.

Wenn Frau Kaltenbach aus St. Niklausen, wo sie in einem schönen Jugendstilhaus mit Sicht auf den Vierwaldstättersee domiziliert war, nach Luzern «in die Stadt» fuhr, um dort am Markt einzukaufen oder an einer der besseren Adressen Gesprächspartner zu empfangen, knisterte die Luft vor Zuwendung.

— Frau Kaltenbach, grüezi.
— Grüezi.

— Marianne, hoi.
— Hoi.

— Frau Kaltenbach, haben Sie eine Idee, was ich mit diesem Fisch machen soll?
— Warum pochieren Sie ihn nicht in Weißwein? Dazu würde ich Kohlgemüse empfehlen.

Die Dame mit der unverkennbaren Frisur und dem fein nachgezogenen, nachsichtig-ironischen Ausgehlächeln hat den Schweizern beigebracht, besser zu essen. Das gelang ihr erstens durch beinharten Traditionalismus, der sich auf Dokumente aus Zeiten stützte, als nur in den besseren Haushalten Kühlschränke standen: so ergab sich logischerweise eine innige Verbindung zwischen den Jahreszeiten und den daraus folgenden Saisonrezepten. Zweitens unterminierte Kaltenbach lieb gewonnene Gewohnheiten der Schweizer. Sie legte den eingefleischten Anti-Vegetariern die mediterrane Fischküche ans Herz und trieb ihnen, oft nur mit etwas Hinterlist, die Was-der-Bauer-nicht-kennt-das-frisst-er-nicht-Attitüden aus, zum Beispiel die hartnäckige Abneigung gegen Lammfleisch – «den Hammel», zum Beispiel in Form Hammelgeschmack kompensierender Ragouts. Sie empfahl anstelle der gewohnten Burgunder Weine von der Rhone und der Loire, und sie verfolgte dabei immer dieselbe Strategie. Sortierte Geschmäcker. Analysierte Rezepte. Checkte die Anwendbarkeit. Verführte die Köchinnen und machte sie zu Komplizen ihres Missionshandwerks.

Darin liegt der Schlüssel zu ihrem riesigen, Generationen und soziale Schichten übergreifenden Erfolg: Was Kaltenbach sagt, lässt sich kochen. Ihre Rezepte haben keine Fallgruben. Sie tut nicht so, als wäre Kochen cool und überhaupt kein Problem, mjamm mjamm, dein Jamie. Marianne Kaltenbach gibt Auskunft über jeden Handgriff. Ihr Stil ist pur und zeitlos, sowohl in der Küche als auch beim Schreiben. Wer eine Frage zur Schweizer Küche hat, bekommt von Frau Kaltenbach die Antwort.

Der Küchenchef eilt aus der Küche an den Tisch von Frau Kaltenbach. Seine Kochmütze ist frisch gestärkt und so hoch, dass man nicht weiß, ob sie ironisch oder ernst gemeint ist. Er grüßt freundlich – *«Frau Kaltenbach!»* –, doch unter der Watte routinierten Smalltalks, in die sich die beiden hüllen, liegt das fragende Ostinato: «Was passt ihr an meiner Pastete nicht?»

Keine Angst, Frau Kaltenbach kommt zielstrebig zur Sache. Erstens will sie wissen, woher das Brät ist. Aha, vom Metzger. Sie persönlich bevorzugt ja selbst durch den Wolf getriebenes Kalb- und Schweinefleisch, pikant gewürzt. Zweitens muss man über die Größe der Kügeli sprechen; sie waren früher größer, nicht wahr? Doch, Frau Kaltenbach kann sich sehr genau erinnern. Und mit den Weinbeeren können Sie ruhig ein bisschen sparsamer sein.

Erst als der Koch wieder Richtung Küche verschwunden ist, beginnt ihn Marianne Kaltenbach zu loben. «Ein toller Mann», sagt sie. «Aber die Paschtete war früher besser.» Sie darf das sagen: Kaltenbach hat das Rezept aus einer alten Sammlung gefischt und nach Jahren der Vergessenheit wieder populär gemacht. Inzwischen gibt es in Luzern kein Restaurant mehr, das die «Paschtete» nicht auf der Karte hätte.

Die Tradition verlangt, dass die «Chügelipaschtete» am 2. Januar aufgetragen wird, wenn in Hallwil die Bärzelibuben Krach machen. Diese wünschen den aufgescheuchten Bürgern dann unter furchterregenden Masken hervor ein gutes neues Jahr und verwöhnen sie mit stacheligen Umarmungen. Der Schrecken bleibt also überschaubar.

Auch beim «Bärteliessen» der traditionsreichen Luzerner «Zunft zu Safran» ist die «Chügelipastete» ein prominenter Programmpunkt, eine Prominente unter Prominenten sozusagen: wenn die 400 Zünftler sich im prächtigen Ballsaal des Hotels «Union» versammeln, schlägt jedem Gesellschaftsreporter das Herz höher.

In der Schweizer Presse war das traditionelle Treiben Jahr für Jahr ein Anlass, um dem Phänomen der «Chügelipaschtete» auf den Grund zu gehen. Befragt wurden fast ebenso traditionellerweise Marianne Kaltenbach und der Schriftsteller und Kochbuchautor René Simmen.

Simmen hatte eine fantastische Theorie, wie die Chügelipaschtete zu ihrer charakteristischen Form gekommen sei.

Bekanntlich standen zahlreiche Luzerner im Dienst der Schweizergarde in Rom. Wenn die vom Heimaturlaub in den Vatikan zurückkehrten, brachten sie ihren zurückgebliebenen Kollegen gern eine Pastete mit, damit diese ihren Hunger – und mit ihm ihr Heimweh – stillen konnten.

Eine dieser Pasteten sei dem Dombaumeister in die Hände gefallen, der nach ihrem Vorbild den Petersdom errichtet habe.

Haha.

Marianne Kaltenbach näherte sich der Sache konkreter an:

«LOZÄRNER CHÜGELIPASCHTETE»

Für 4–5 Personen
600–700 g Blätterteig
1 kleines Brötchen
2 Eigelbe

Füllung
250 g Schweinefleisch
250 g Kalbfleisch
1 Zwiebel, 3 EL Butter
5 dl Weißwein
Je 150 g Kalbs- und Schweinsbrät
Koriander, Majoran
3 dl Brühe
2 EL Mehl
50 g Weinbeeren, in 1 EL Träsch oder Kirschwasser eingelegt
Salz, Pfeffer, Muskatnuss
Etwas Rahm
1 EL gehackte Mandeln

Blätterteig etwa 4 mm dick ausrollen, davon zwei Rondelle von etwa 24 cm und 32 cm Durchmesser ausschneiden. Das kleinere auf ein mit Wasser abgespültes Blech legen und mehrmals einstechen. — Das Brötchen mit so viel Seidenpapier umwickeln, dass eine Kugel von 37–38 cm Umfang entsteht. Diese in die Mitte des Teigbodens geben. — Den Rand mit Wasser bestreichen, die größere Teigplatte darüber legen. Die Ränder fest andrücken und gleichmäßig zusammenraffen. — Teigreste aufeinander legen, zu etwa 3 mm dicken und etwa 6 mm breiten Streifen schneiden. — Die Eigelbe verquirlen, Pastetenhaus damit bestreichen, vier Teigstreifen kreuzweise darüber legen und zwei weitere rundum als Ringe anbringen. — Einen weiteren Teigstreifen auf den Bodenrand legen und so die senkrechten Streifenenden verdecken. — Den Backofen auf 180 °C vorheizen. — Pastete mit Sternen, Herzen und Halbmonden aus Teigresten verzieren und eine größere Teigrosette obenauf setzen. Mit übrigem Eigelb bepinseln. — Im Ofen (unten, Umluft 160 °C) 40 Minuten backen. Nach 25 Minuten mit Alufolie abdecken. — Herausnehmen, 5 Minuten stehen lassen. Den Deckel am oberen Ring entlang lösen, die Papierkugel herausziehen. — Das Fleisch klein würfeln. — Die Zwiebel schälen und hacken. — 1½ EL Butter erhitzen. Fleisch und Zwiebel darin anbraten. Mit 0,5 dl Weißwein ablöschen und 10 Minuten schmoren lassen. — Das Brät mischen, mit Koriander und Majoran würzen und zu kleinen Kugeln formen. — Die Brühe aufkochen lassen, die Brätkugeln darin 10 Minuten ziehen lassen. — Für die Sauce restliche Butter schmelzen und das Mehl darin anziehen lassen, mit restlichem Wein ablöschen. — Den Jus des Ragouts und die Weinbeeren samt Träsch oder Kirschwasser beifügen. — 20 Minuten köcheln. — Fleisch und Kügeli in die Sauce geben, nochmals erhitzen, würzen, mit etwas Rahm (oder Bouillon) verdünnen. — Die Mandeln rösten. — Die Füllung heiß in die Pastete füllen, Mandeln darüber streuen und den Deckel aufsetzen. *(Abbildung Seite 72)*

Anmerkung: Ich ersetze das Bratwurstbrät durch je 150 g durch den Wolf getriebenes Kalb- und Schweinefleisch und 1 fein gehackte Zwiebel. Die Kügelchen werden dadurch rustikaler und müssen pikant gewürzt werden. Eventuell das Fleisch vom Metzger hacken lassen; dann allerdings nicht so fein wie Brät.

Die Kaltenbach hatte also eine sehr konkrete Vorstellung davon, wie die «Chügelipaschtete» auszusehen habe. Sie habe, bitte sehr, die vergessene Speise zurück auf die Karten der wichtigsten Luzerner Restaurants geschrieben. Wer also habe das Recht, darüber zu entscheiden, ob eine Pastete «original» sei oder nicht? Wer bitte?

Auch die Journalistin Gaby Labhart erinnert sich, dass Marianne Kaltenbach in Sachen Chügelipastete nicht zum Spaßen aufgelegt war: «Sie konnte ganz ungewöhnlich ungehalten werden, ja sie geriet fast etwas aus der Fassung, wenn man sie nach der berühmten Pastete fragte. ‹Es gibt wohl kein anderes Rezept, das im Lauf der Jahre so verstümmelt wurde wie das der sogenannten echten Chügelipastete›, sagte sie aufgebracht. Die Originalfüllung sei nicht zuletzt auch in Kochbüchern zu einem Kalbsvoressen an weißer Sauce mit einfachen Brätchügeli geworden, ähnlich den Füllungen, die manchmal in *Vol-au-vent* oder *Bouchée à la reine* zu finden sind. Aber mit dem, was im Volksmund gemeinhin ‹Pastetli› heißt, habe die Luzerner Chügelipastete gar nichts gemein. Weder innerlich noch äußerlich.»

Eine Frage konnte freilich nicht einmal Marianne Kaltenbach beantworten: warum dieses so komplizierte wie auch spektakuläre Essen ausgerechnet in Luzern beheimatet sei. Dabei war die Quellenforschung eine ihrer großen Stärken.

Marianne Gauer vom Restaurant «Innere Enge» in Bern erinnert sich zum Beispiel an ein Diner für die Schweizer Regierung, für das sie mit ihrem Partner Hans Zurbrügg «das Grand Déjeuner der Kaiserin Josephine, das 1810 hier in der Inneren Enge stattgefunden hatte», nachkochen wollte. Bei der konkreten Umsetzung stießen die Wirte freilich auf Probleme: viele der Tiere, die damals die Ehre hatten, von der Kaiserin verspeist zu werden, standen inzwischen unter Artenschutz. Außerdem kamen die Zubereitungsvorschriften verschlüsselt daher: die Maßeinheiten hatten sich verändert und konnten von der Küche nicht decodiert werden.

«Nur eine Person in der Schweiz hatte genügend Kenntnisse: Marianne Kaltenbach. Als ich eine Woche später telefonierte und fragte, wie weit sie mit den Rezepten sei, antwortete sie mir, es sei etwas kompliziert. Sie recherchiere gerade in der dritten Generation von Kochbüchern. Typisch Marianne! Das Menü für die Bundesräte war übrigens einmalig!»

In Sachen Chügelipastete konnte freilich nicht einmal die Spürnase der Kaltenbach für Aufklärung sorgen. Sie mutmaßte, dass ein Schweizer Reisläufer, einer jener spätmittelalterlichen Söldner, die bis ins 17. Jahrhundert in den Diensten zahlreicher europäischer Herrscher gestanden hatten, die Pastete aus Frankreich oder Italien mit nach Hause gebracht habe. Aber den finalen Beweis konnte selbst sie nicht auftreiben.

Also änderte sie die Strategie. Anstatt mit historischen Dokumenten aufzuwarten, wechselte sie ins philosophische Fach: «Nicht jedes Gericht hat eine Geschichte», sagte sie und präsentierte ihre eigene gastrosophische Evolutionstheorie: «Manchmal entwickeln sich die Dinge einfach.»

Versöhnlich war das freilich nicht gemeint. Eine Chügelipaschtete hatte eine Chügelipaschtete zu sein, kein Abklatsch, keine Improvisation, kein Derivat.

Purer Stoff. Basta.

Strenge Kindheit

Als Marianne Lucie Rothen am 6. Juni 1921 in Zürich zur Welt kommt, ist Edmund Schulthess Bundespräsident der Schweiz, fungiert Winston Churchill als britischer Kolonialminister und bereitet die Kommunistische Partei Chinas ihren Gründungsparteitag vor.

Über das Mädchen freuen sich seine Mutter Suzanne und sein Vater Willy. Etwas weniger begeistert sind die Großeltern Emma und Adolph, die am Ufer des Lac Léman über das angeblich freudige Ereignis in Kenntnis gesetzt werden. Sie hätten sich für ihren Willy eine bessere Partie gewünscht.

Denn Adolph Rothen ist ein Mann von Statur. Als Direktor der BANQUE POPULAIRE SUISSE gehört er zu den besten Kreisen von Lausanne, und er hätte sich für seinen ältesten Sohn – für seinen ältesten, lebenden Sohn; der Erstgeborene Paul war mit fünf Jahren gestorben – nicht nur insgeheim eine bessere Partie gewünscht. Ihm war, sehr konkret, die Familie Fiaux vorgeschwebt. Die Töchter des benachbarten Notars und die Söhne der Rothens hätten zukunftsträchtige Verbindungen abgeben können, standesgemäße Allianzen.

Außerdem war Willy mit Jenny Fiaux so gut wie verlobt gewesen, als Suzanne Epplé auftauchte, eine junge, hübsche Frau mit künstlerischen Ambitionen. Künstlerische Ambitionen: der Großvater konnte nur den Kopf schütteln. Was war denn das für eine Familie, die einem Mädchen künstlerische Ambitionen gestattete?

Doch Willy will seine Suzanne in Gottes Namen heiraten. Der Vater sorgt dafür, dass der Sohn eine Stelle bei der VOLKSBANK in Zürich bekommt. Das Paar wohnt am Stampfenbachplatz.

Am 6. Juni kommt Marianne zur Welt.

Aber mit Marianne kommt nicht das Glück. Es dauert nur kurz, und aus der Krise der Beziehung blinzelt schon deren Ende. Großvater Adolph, der es natürlich kommen gesehen hat, setzt durch, dass Vater Willy, nicht Mutter Suzanne das Sorgerecht bekommt. Die Kleine hat «eine Rothen» zu sein. Ihr Vater, Willy, weiß freilich nichts mit seiner Tochter anzufangen und gibt sie zur Pflege zu den Großeltern.

Erst als Willy zum zweiten Mal heiratet, nimmt er Marianne wieder zu sich nach Zürich. Er zieht mit seiner neuen Frau Leni, einer geborenen Escher, zu den Schwiegereltern

Marianne Kaltenbach, etwa zwei Jahre alt

Marianne mit Onkel Max, 1924

nahe dem Zürichsee. Marianne geht in die Mädchenschule bei der Neumünsterkirche. Da sie kein Schweizerdeutsch spricht, muss sie sich die Spottreime der Mitschülerinnen anhören: «Franzose! Mit rote Hose...»

Als auch die zweite Ehe ihres Vaters scheitert, kehrt Marianne endgültig in den Haushalt des Großvaters zurück. Sie ist zehn Jahre alt und lernt Fluch und Segen der Sprachenvielfalt am eigenen Leib kennen.

Ihre Mutter spricht Französisch, ihr Vater ist zweisprachig. Mariannes «Mutter»-Sprache ist also Französisch.

Schreiben lernt sie auf Deutsch; sie muss, als sie in Lausanne zur Primarschule im Quartier «Croix d'Ouchy» geht, Französisch schreiben lernen.

Mit den Großeltern spricht sie Berndeutsch. Der meinungsstarke Großvater macht aus seiner Abneigung gegen die Deutschen kein Hehl, und Zürich gehört aus seiner Warte natürlich auch zu Deutschland. Sobald sich Marianne untersteht, ein zürichdeutsches Wort fallen zu lassen, werden ihr auf Berndeutsch die Leviten gelesen.

Als Marianne Rothen die Primarschule abschließt, ist Edmund Schulthess zum vierten Mal Bundespräsident der Schweiz, schwört Franklin D. Roosevelt den Amtseid als 32. Präsident der Vereinigten Staaten von Amerika, verabschiedet Adolf Hitler das Ermächtigungsgesetz, das die NSDAP mit diktatorischen Rechten ausstattet.

Marianne wird von den wohlhabenden Großeltern pädagogisch kurz gehalten. Bei Großmutter Emma muss sie um jeden Apfel betteln, damit sie sich am Schluss den schäbigsten nehmen darf. Der Großvater zahlt ihr, wenn Marianne am freien Mittwoch- oder Samstagnachmittag in Chalet-à-Gobet über Lausanne skilaufen will, die Tram-, aber nicht die Buskarte, so dass Marianne die schweren Hickory-Skier auf dem Rücken durch die ganze Stadt nach Hause den Berg hochschleppen muss.

Sie bekommt kein Taschengeld. Wenn die Familie nach dem Sonntagsspaziergang im «Central» an der Avenue Benjamin-Constant einkehrt, darf Marianne nur eine Limonade für 70 Centimes trinken, während der Großvater sich drei, vier Bier genehmigt.

Eines Tages nimmt sie ihren Mut zusammen und macht dem Großvater einen Vorschlag: «Wenn ich am Sonntag keine Limonade mehr trinke: gebt Ihr mir dann 50 Centimes zu meiner Verfügung?»

Großzügig willigt der Großvater ein. Für gute Geschäfte hatte er immer etwas übrig.

Marianne investiert das Geld in Bücher: «Die drei Musketiere». «Die schwarze Tulpe». «In 80 Tagen um die Welt». Und viele andere.

Der Haushalt der Rothens wird auf hohem Niveau geführt; er hat, wie alles andere auch, standesgemäß zu funktionieren. Großmutter Emma legt nicht nur auf einen ansprechenden Auftritt Wert – sie trägt maßgeschneiderte Kostüme von BONNARD und Taschen von GRUMSER –, sondern auch auf frisches, vielfältiges Essen. Sie stammt aus einer Lehrerfamilie und hat die Hauswirtschaftsschule absolviert. Diese Karriere scheint der Großmutter auch für ihre Enkelin vorgezeichnet.

Marianne geht mit ihrer Großmutter und der Hausangestellten regelmäßig auf den Markt. Großmutter läuft voraus, die Angestellte trägt den Korb, Marianne versucht Schritt zu halten. Nie wird an *einem* Stand alles Nötige eingekauft. Großmutter Rothen weiß Unterschiede zu machen. Wenn ein Bäcker das beste Weißbrot bäckt, heißt das noch lange nicht,

Großvater Theodor Adolph Rothen, Lausanne

Marianne mit Familie in der Sommerfrische, Ende der zwanziger Jahre

Großmutter Emma Rothen-Lüthi

Marianne, etwa sieben Jahre alt

dass auch seine Patisserie in Ordnung ist; gute Hühner garantieren längst noch keine guten Enten; Obst ist sowieso nur dort in Ordnung, wo seine Frische leuchtet.

Ohne dass damit ein konkretes Ziel verbunden gewesen wäre, lernt Marianne in diesen Jahren eine wichtige Lektion: Wie gutes Brot im Gegensatz zu schlechtem schmeckt. Wie frisches Obst riecht. An welchen Merkmalen man identifiziert, dass der Fisch frisch ist und das Fleisch gut abgehangen. Welches Gemüse zu welcher Jahreszeit reif ist.

Die Küche ist übrigens das Reich der Haushälterin. Es wäre unter der Würde der Herrschaft gewesen, selbst mit Pfannen und Tellern zu klappern.

Deshalb stimmt auch die Behauptung nicht, dass die junge Marianne Rothen in diesen Jahren das Kochen gelernt hätte. Sie lernt zu schmecken. Sie lernt zu sehen. Sie lernt, Zusammenhänge zwischen dem, was man einkauft, und dem, was anschließend serviert wird, herzustellen. Die Verwandlung bleibt fürs Erste mysteriös – das große Geheimnis hinter verschlossener Küchentür.

Großvater Rothen war nicht nur zu seiner Enkelin unnachgiebig streng. Auch seine drei Söhne hatte er mit eiserner Hand erzogen, um sie für die Karriere im Bankwesen – ein anderes Genre, das für sein Fleisch und Blut geeignet wäre, existierte in Adolph Rothens Wahrnehmung gar nicht – optimal abzuhärten. Jeden Samstag wurde im Garten des Hauses an der Avenue de Beaumont die Bilanz der Woche gezogen. Wer den Ansprüchen des Vaters nicht genügt hatte, musste Unkraut zupfen oder steckte eine Tracht Prügel mit dem Gartenschlauch ein.

Doch auch die größte Härte konnte das Schicksal nicht zwingen. Willy Rothen, der Älteste, heuerte zwar bei der

SCHWEIZERISCHEN VOLKSBANK an, kam aber nach seinen beiden Scheidungen in Geldschwierigkeiten, aus denen er sich mit Veruntreuungen in der Bank zu befreien versuchte.

Die Sache flog auf. Mariannes Vater verlor seinen Job und wurde unehrenhaft aus der Armee entlassen. Vergeblich stemmte sich Großvater Adolph, Hauptmann der Schweizer Armee, gegen die Schande.

Willy verschwand aus dem Gesichtsfeld seiner Familie; auch Marianne bekam ihn nicht mehr zu sehen. Er lebte irgendwo auf dem Land, schlug sich mit seinen handwerklichen Talenten gerade so durch. Bei SCINTILLA, einer Firma für Elektrowerkzeug, fand er sogar wieder einen Job. Er starb jung an einem Herzinfarkt.

Sein jüngerer Bruder Max stellte es klüger an. Er absolvierte zwar die Ausbildung bei der Bank, doch lernte er dabei vor allem eines: dass er um nichts in der Welt in der Bank arbeiten wollte.

Er flüchtete auf dem Fahrrad von Lausanne nach Interlaken und überredete den Patron einer Drogerie, ihn einzustellen. Mit dem zähneknirschenden Einverständnis seines Vaters absolvierte er die Drogistenlehre, wechselte nach Bern in die schicke Drogerie Hörning und erledigte dort wenigstens etwas zur vollen Zufriedenheit des Vaters: er lernte Elsi Meier, die Tochter eines bekannten Anwalts, kennen.

Hochzeit im «Schweizerhof». Die beiden Schwestern der Braut trugen umwerfende Rokoko-Kleider. Max und Elsi bekamen von den Eltern die spätere Drogerie «Rothen» in Luzern, Kapellgasse 4.

Wäre Marianne fünfzig Jahre später zur Welt gekommen, hätte sie mit großer Wahrscheinlichkeit Medizin oder Chemie studiert. Sie verehrte Louis Pasteur und Robert Koch.

Sagen wir also: sie hätte Medizin oder Chemie studiert, wenn die Entscheidung darüber bei ihr selbst gelegen hätte.

Das war in den dreißiger Jahren des 20. Jahrhunderts freilich nicht üblich, und die familiäre Kultur, in der Marianne inzwischen zur jungen Frau geworden war, wertete den Ehrgeiz eines Mädchens, schonend gesagt, als unpassend.

Den Vorschlag ihrer Großeltern, Lehrerin zu werden, lehnt Marianne genauso harsch ab wie diese ihren Plan, auf die Universität gehen zu wollen. Sie einigen sich auf den Kompromiss, dass Marianne die Handelsschule besuchen wird. Handel – das klingt in den Ohren des Großvaters passend.

Als ihr Onkel Max der 19-jährigen Marianne anbietet, in seiner Drogerie zu arbeiten, ist die deutsche Wehrmacht in der Tschechoslowakei einmarschiert, hat General Franco den Spanischen Bürgerkrieg gewonnen, kommt John Steinbecks Landarbeiter-Epos «Früchte des Zorns» heraus.

Marianne sagt zu. Sie verlässt das von Geiz, Sturheit und Unterdrückung geprägte Haus der Großeltern und kommt vom Regen in die Traufe.

Max ist von hünenhafter Gestalt, zweisprachig, charmant. Die Luzerner Gesellschaft liebt ihn für seine Belesenheit und das internationale Flair, das er verströmt. Doch Max und seine Frau sind nicht glücklich miteinander; Max geht seiner eigenen Wege. Mit einer seiner Mätressen muss Elsi in der Drogerie zusammenarbeiten. Der Onkel lässt sich im Geschäft nicht blicken, sondern vergnügt sich auf der Jagd, beim Fischen, er hat viele Bekanntschaften.

Für Marianne ist die Situation mehr als unangenehm. Statt der erhofften Befreiung vom despotischen Großvater findet sie sich plötzlich in einem Strindberg-Drama wieder, das sich noch zuspitzt, als Onkel Max ein Verhältnis mit dem Lehrlingsmädchen Daisy, Mariannes einziger Freundin in

Luzern, beginnt. Im Geschäft solidarisieren sich die betrogenen Frauen gegen Daisy, und während diese sich zum Glück mit einem Architekten verlobt, schiebt Onkel Max zwei Aufenthalte in der psychiatrischen Anstalt ein, um – wie böse Zungen sofort verlauten lassen – einem drohenden Prozess wegen Verführung Minderjähriger zu entkommen.

Zu dieser Zeit lernt Marianne Ruedi Berger kennen, einen gut aussehenden jungen Mann, Agent für Pferdeversicherungen, in seiner Freizeit Eishockey-Tormann.

Sie entscheidet sich, das Drogistendiplom zu machen, und geht zur Drogerie Urech nach Neuchâtel. Nachdem sie die Drogerie als «Bastard von Medizin und Chemie» akzeptiert hat, folgt ein glückliches Jahr im Westen. Marianne schließt als Zweitbeste ihres Jahrgangs ab; nur Fotos entwickeln kann sie nicht. Ihr Patron vermittelt sie zu Aeschlimann in St-Imier.

Dort angekommen, gefriert ihr das Blut. In dieser Steinwüste will sie nicht leben.

Aufgewühlt reist Marianne Rothen nach Bern, spricht ohne Anmeldung beim Drogisten Schürch vor. Der will wissen, ob sie Fotos entwickeln kann. Sie schließt die Augen und sagt ja. Sie bekommt die Stelle.

Zwei Jahre bleibt Marianne in Bern. Sie lernt, wie man eine Drogerie führt und organisiert. Ihr Chef verbringt als Offizier im Zweiten Weltkrieg mehr Zeit im Aktivdienst als in seinem Geschäft; er verlässt sich ganz auf Marianne. Der Schmerz, dass ihr Traum vom Studium unerfüllt bleiben wird, verflüchtigt sich langsam. Bern gefällt ihr nicht schlecht.

Aus Luzern reist Ruedi Berger an. Er fragt, ob Marianne seine Frau werden will.

Sie ist knapp 20 Jahre alt.

Sie hat Zweifel, ob ihre Antwort richtig ist, aber sie antwortet mit Ja.

Im Gebirge, 1939

Ruedi Berger, 1940

Erste Ehe, erste Gäste

Ruedi Berger sieht gut aus. Sein Gesicht ist schmal und präzis geschnitten, die Haare kämmt er mit Brillantine nach hinten, so dass sein schon in frühen Jahren hoher Scheitel mehr zur Geltung kommt als nötig. Er hat ein gewinnendes Lachen. Er kann gut mit Menschen reden, und im Gegensatz zu den Männern, die Marianne bisher kennen gelernt hat, kann er zuhören.

Reden und zuhören ist Ruedis Geschäft. Er arbeitet als Generalagent der GENFER VERSICHERUNGEN und ist daneben der Deutschschweizer Vertreter der WAADTLÄNDER PFERDEVERSICHERUNG. Als er Marianne um ihre Hand bittet, ist Ruedi Berger 26 Jahre alt.

Marianne ist knapp 20, eben erst großjährig geworden. Sie trägt die langen Haare zurückgebunden; unter der hohen Stirn leuchtet bereits ihr unverkennbares Lächeln, das je nach Bedarf auf der Skala zwischen Koketterie, Pose und Selbstironie angesiedelt ist. Sie ist schlank und groß gewachsen. Sie hat das ganze Leben vor sich und ist fest entschlossen, etwas aus ihren Möglichkeiten zu machen.

Die Hochzeit findet 1941 in Luzern statt. Ruedis Vater Emil hat einiges zu bieten. Er stammt aus einer Weinhändlerdynastie in Langnau BE, betreibt eine Gemäldegalerie im Hotel «National» und zeigt prominenten Kunden ganz Europa. Einer seiner Klienten ist der Maharadscha von Lahore, den er in Indien abholt, samt Entourage durch ganz Europa eskortiert und mit dem Dampfer wieder zurück nach Hause bringt.

Das frisch getraute Paar zieht ins Haus der Schwiegereltern ein.

Die Reihe der befremdlichen Familiengeschichten der Marianne Rothen, jetzt: Berger, setzt sich nahtlos fort. Ihre

Schwiegermutter lebt nach streng katholischen Grundsätzen. Sie hat ihrem Sohn nur unter der Bedingung, dass die Kinder katholisch getauft werden, gestattet, eine Protestantin zu heiraten.

Es dauert nicht lange, bis Marianne die pauschale Freundlichkeit ihres Mannes verdächtig wird. Sein Charme, seine Aufmerksamkeit kaschieren die fehlenden Konturen. Ruedi ist ein Anpasser. Es ist ihm genug, ein kleines Leben als Versicherungsvertreter zu führen, in einem Haushalt mit Mutter und Frau. In der Freizeit wehrt er scharf geschossene Puckscheiben ab, und sobald er zu Hause ist, kommen die Spielkarten auf den Tisch. Ruedi liebte das Jassen und spielt gern Skat.

Marianne ist 20 und bekommt einen Vorgeschmack davon, was es heißt, unglücklich zu sein. Sie wünscht sich ein Kind.

Am 15. April 1944 kommt in der Luzerner Klinik St. Anna der Sohn von Marianne und Ruedi zur Welt: Peter.

Der Kleine ist ein Wunder, wie jedes kleine Kind ein Wunder ist, aber er löst Mariannes Problem nicht: sie ist plötzlich, was sie nie werden wollte: Hausfrau in einer Spießerfamilie. Sie kocht. Sie putzt. Sie liest Romane. Sie wartet auf ihren Mann.

Bei ihrem Onkel Max weint sie sich aus. Dessen Drogerie ist nur ein paar Straßen entfernt.

Max kann ihr helfen. Nach Kriegsende nimmt er Marianne auf seine Reisen mit. Er fährt nach Paris, zeigt ihr, was ein Bistro ist und die *Folies-Bergère*. Marianne ist begeistert. So will sie kochen können.

In Paris kommt sie auch zu ihrem ersten Job.

Sie lernt einen amerikanischen Offizier kennen, der in Europa all jene Flugzeuge der US-Luftwaffe verkaufen soll, deren Zurückschaffung ins Mutterland sich nicht mehr lohnt.

Marianne und Ruedi mit Automobil, Ende der vierziger Jahre

Marianne als Dolmetscherin mit US-Offizier in Schottland, 1947

Mariannes Sohn Peter Berger in Andermatt auf Skiurlaub, 1959

Der Zufall will es, dass ein Bekannter von Mariannes Mann für seinen Fliegerclub eine FAIRCHILD-Maschine anschaffen will, die der Offizier im Angebot hat. Das Problem: der Käufer spricht nicht Englisch. Marianne, die nicht nur zweisprachig aufgewachsen ist, sondern während ihrer Ausbildung auch Englisch gelernt hat, springt als Dolmetscherin ein.

Die fragliche Maschine steht in Schottland. Der Käufer soll mit einer Militärmaschine via London zur Begutachtung gebracht werden. Marianne darf nicht mit: Frauen ist es verboten, mit Militärflugzeugen zu fliegen.

Stattdessen muss sie einen Linienflug nach London nehmen. Aufgrund fehlender Genehmigungen auf dem Militärflugplatz London ist sie viel früher als die Geschäftspartner in der englischen Hauptstadt.

London ist noch immer ein Trümmerhaufen. Marianne, die den Zweiten Weltkrieg nur aus der sicheren Schweizer Perspektive erlebt hat, bekommt zum ersten Mal einen Eindruck von der Wucht der Greuel.

Sie hat Hunger. Die Regale der Bäcker sind leer. Sie begreift, dass in London Lebensmittel knapp sind. Das Einzige, was sie ergattern kann, ist eine Dose Corned Beef mit getrockneten Erbsen.

Als Offizier und Käufer schließlich doch noch ankommen, nimmt man den Zug und reist aus dem beschädigten London hinauf in den Norden, ins vom Krieg verschonte Schottland.

Die FAIRCHILD, die auf einer amerikanischen Basis steht, wird in Augenschein genommen, auf Herz und Nieren geprüft. Marianne zeigt sich gut vorbereitet: sie hat das Vokabelheft des Flugzeugherstellers auswendig gelernt.

Der Deal wird perfekt, aber zur Überraschung der jungen Frau aus der Schweiz nicht so, wie sie sich das große

Business auf dem internationalen Parkett vorgestellt hat. Statt Gentleman's Agreements: das große Feilschen.

Nach der Unterschrift wird gefeiert. In Schottland sind die Lebensmittel nicht knapp. Marianne isst zum ersten Mal gefülltes Lamm; sie bekommt das Herz – und ist überwältigt von dessen außergewöhnlichem Geschmack.

Die Rückreise verläuft reibungslos; nur die AIR FRANCE-Maschine, auf die Marianne gebucht war, fällt aus. Marianne muss das Schiff von Newhaven nach Dieppe nehmen.

Im Zug zum Hafen lernt sie einen amerikanischen Offizier kennen, der mit einer hübschen Frau unterwegs ist. Die drei teilen sich das Abteil. Um den Frauen den Respekt vor der Kanalüberquerung zu nehmen, erzählt der Offizier von Kriegsabenteuern bei der Marine, von seinen zahllosen, stürmischen Pazifiküberquerungen. Dann lädt er beide Frauen zum Essen ins Schiffsrestaurant ein.

Es kommt ein Sturm auf. Das Schiff schlingert. Es ist der Offizier, der sich verabschiedet, bevor noch das Essen aufgetragen ist: «See you later...»

Marianne isst auch seine Portion, insgesamt vier Scheiben Corned Beef.

Von Paris nimmt sie das nur mit Holzbänken ausgerüstete Flugzeug zurück nach Zürich.

Marianne wird für zahlreiche Dolmetsch-Aufträge engagiert, denn es entwickelt sich in den ersten Nachkriegsjahren ein reges Business für überschüssiges Kriegsmaterial. Sie leistet ihren Beitrag, wenn Transport- und Aufklärungsflugzeuge, Jeeps und Chirurgenbestecke in England, Frankreich und Deutschland den Besitzer wechseln. Für Schweizer Bekannte, die wissen, wo sie unterwegs ist, besorgt sie im Ausland dies und das. Zurück in Luzern langweilt sich Marianne.

Sie ist der Motor dafür, dass die kleine Familie vom Haushalt der Schwiegereltern in ein Altstadthaus an der Falkengasse 8 umzieht.

Von hier sind es nur ein paar Schritte zum Schweizerhofquai, zur Seepromenade, zum Rathausquai, zur Kapellbrücke, zu den Sehenswürdigkeiten Luzerns. Und zum Luzerner Stadttheater.

Als die Aufträge für Dolmetsch-Arbeiten versiegen, sucht sich Marianne ein neues Betätigungsfeld: sie verkauft Frauenbüsten.

Die Büsten sehen aus wie Schaufensterpuppen, sind aber 1:1-Abbilder der Rümpfe ihrer Kundinnen, die auf diesen Puppen den Sitz der selbstgeschneiderten Kleider kontrollieren können.

Maß wird so genommen: Die Kundin zieht ein Trikot über, das Marianne mit braunen, steifen Papierstreifen komplett zuklebt. So entsteht ein steifer Panzer mit der Silhouette der Kundin, der am Schluss mit einer großen Schere dem Rückgrat entlang aufgeschnitten wird – Mariannes Sohn Peter, der dieser Prozedur manchmal beiwohnt, erzählt später, dass ihn der finale Schnitt «an ein knusprig braun gebratenes Poulet gemahnt, das Mutter sonntags an der gleichen Stelle aufschnitt».

Ein paar Wochen später liefert die Post die fertige Büste, und Marianne ist mit ihrem neu angeschafften FIAT Topolino, braun mit Aufrolldach, zu neuen Kundinnen unterwegs, ihren Buben im Gepäck.

Das Luzern der späten vierziger, frühen fünfziger Jahre ist eine Kleinstadt, in deren engem Rahmen eine überschaubare Szene von bunten Persönlichkeiten ihre Version eines Großstadtlebens führt. Jeder kennt jeden. Die großen Hotels

«National», «Palace», «Schweizerhof» und «Gütsch» liefern die Kulissen für die Darsteller, die ihrerseits aus dem Dunstkreis der Uhrengeschäfte Gübelin und Bucherer, des Tennis- und des Golfclubs kommen. Aufgeputzt werden die im Grunde überschaubaren Runden von vielen Amerikanern, die auf ihren Europareisen in Luzern Halt machen: der Dollar ist fünf Franken wert, die Schweiz ist für amerikanische Touristen eine billige Destination. Die Korken knallen.

Zum Apéritif trifft man sich in einem der Hotels oder in der Regina-Bar. Oft geht das muntere Vorspiel in ein Essen im «Wilden Mann», im «Orsini» oder im «Old Swiss House» über. Der Bankier Ernst Brunner lädt zu rauschenden Festen.

Ruedi Berger, der tagsüber mit dem beigen VW-Käfer bei den Bauern unterwegs ist, um ihnen Pferdeversicherungen zu verkaufen, holt am Sonntag das CHEVROLET-Coupé mit der Nummer LU 2829 aus der Garage.

Er zeigt sich fasziniert von der Welt des Sportreitens, den Flaggen, den Uniformen der Military-Cracks. Für den regelmäßig stattfindenden «Concours Hippique» in Luzern übernimmt er das Sekretariat der Jury und setzt seine Frau als Rechenmaschine ein – Marianne muss in Echtzeit ausrechnen, welcher der Jockeys die Nase vorn gehabt hat.

Nebeneinander stehen Ruedi und Marianne stramm, wenn über die Lautsprecheranlage scheppernd die Nationalhymne für den Sieger gespielt wird.

Marianne betrachtet das Gesellschaftsleben als Impfstoff gegen die familiäre Langeweile. Sie öffnet die Altstadtwohnung für Gäste, gibt regelmäßig Gesellschaften.

Es sind vor allem die Mitglieder des Luzerner Theaters, die nach den Vorstellungen rasch noch auf ein Getränk in die Falkengasse vorbeischauen. Oft genug wird aus dem einen

Getränk eine halbe Nacht, und Marianne zeigt zum ersten Mal, mit welcher Souveränität sie es versteht, auch viele Gäste zu bewirten.

Während der private Haushalt nach wie vor zutiefst bürgerlich geführt werden muss, bringen die Gäste Glamour und lebendige Stimmung mit. Der Schauspieler Robert Tessen und der Regisseur Fritz Pfister, der Gessler-Darsteller Gino Rottzieper und zahlreiche wechselnde Chargen sind Stammgäste in der Falkengasse.

Nachts, wenn das Theater aus ist, kocht Marianne ausgefallene Speisen, zum Beispiel kiloweise Moules, wie sie in der Innerschweiz noch niemand gegessen hat.

Zu Mittag stehen freilich wieder klassische Werte auf dem Programm. Es versteht sich, dass am Sonntag zuerst der obligate Braten und nachher Rahmschnitten serviert werden.

Einmal mehr zieht die Familie um, diesmal in eine herrschaftliche Villa in der Rigistraße.

Die Feste bleiben legendär.

Die junge Marianne Kaltenbach wird von Ueli Prager als Statistin für ein Foto-Shooting in einem der ersten MÖVENPICK-Restaurants gecastet.

Um eine Blinddarmentzündung auszukurieren, fährt sie nach Menton an der Côte d'Azur.

Das Essen im Restaurant des Hotels «Royal Westminster» schmeckt ihr so gut, dass sie den Koch bittet, sie in seine Geheimnisse einzuweihen.

Er hat keine. Statt einer Sammlung raffinierter Notizen holt er die staubtrockene Hotelküchensammlung «La Cuisine française moderne» aus dem Regal, und Marianne geht ein Licht auf. Sie besorgt sich das Buch, studiert es gründlich, und sobald sie wieder in Luzern ist, kocht sie die Rezepte von vorn nach hinten durch.

Sie gleicht ihre Erfahrungen am Herd mit den Erfahrungen im Restaurant ab, in Paris, in Südfrankreich, in der Provence. Sie nimmt einen Kochkurs im Burgund.

Vor ihrem geistigen Auge entsteht das vollständige Bild eines gelungenen Essens.

In den Ferien fährt sie in die Romandie. In Lausanne trifft sie ihren Cousin François Rothen. Auf Vermittlung von Onkel Max sieht sie Jenny Fiaux wieder, ihre Nachbarin aus Lausanne. Jenny hat in La Tour-de-Peilz mit viel Geschmack eine Residenz eingerichtet. Marianne ist fasziniert.

Jennys Schwester Lelo ist Malerin geworden. Bei einem Antiquar findet sie zwei Bilder, die, wie sie vermutet, von Modigliani gemalt sind. Sie rafft alle ihre Ersparnisse zusammen und kauft die Bilder vom ahnungslosen Händler. Nachträglich zu Rate gezogene Experten bestätigen die Echtheit der Bilder.

Marianne bewundert Lelos Mut und Entschiedenheit. Die Idee von der selbstbestimmten, selbständigen Frau holt sie wieder ein.

Ihr eigenes Leben empfindet sie als «bünzlig». Ihr Sohn Peter interessiert sich für Geschichte; also besucht sie mit ihm am Wochenende alle Schweizer Burgen. Ihr Mann Ruedi regt sich auf, wenn der Bub die NEUE ZÜRCHER ZEITUNG nach der Lektüre nicht wieder akkurat zusammenfaltet. Ruedi findet, es sei Sache der Mutter, dem Buben das mitzuteilen. Marianne kassiert den Unmut von Ruedi und den von Peter.

Sie entscheidet sich, gegen das Naserümpfen der Luzerner Gesellschaft, die Ehe zu beenden.

Während der Scheidungsvorbereitungen im Jahr 1957 lernt sie einen Künstler mit wilder Frisur und lauter Stimme kennen.

Er heißt Fritz Kaltenbach.

Kaltenbach-Freunde Fritz und Heidi Pfister, frisch getraut in Luzern, Ende der fünfziger Jahre

Luzerner Fasnacht 1956: Marianne, 2. von links, lernt Fritz Kaltenbach (ganz rechts) kenn

Fritz Kaltenbach mit PR-Pionier Alphons Helbling, Mitte der fünfziger Jahre

Fritz Kaltenbach

Wenn Fritz Kaltenbach von seinen Vorbildern sprach, griff er nicht in die Schublade, wo die kleinen Namen schlummern. Er nannte Winston Churchill, Albert Schweitzer, den spanischen Stierkämpfer Chamaco – und seinen Vater, Fritz Kaltenbach, den Älteren.

Churchill, der Denker und Lenker.

Schweitzer, der gute Mensch.

Chamaco, das Bild von einem Mann.

Fritz Kaltenbach, tja, Fritz Kaltenbach.

Der Vater war dem Sohn Vorbild, weil er ihm vorlebte, wie ein Künstler zu leben hat. Er kündigte seine Stelle als Chefbuchhalter der Firma LONZA, um sich stattdessen seinen Erfindungen und Gemälden zu widmen. Etwas großspurig verlautbarte er: «Ich habe keine Zeit zum Arbeiten, ich muss Geld verdienen.»

Von diesem Merkspruch stimmte nur die Hälfte: er arbeitete nicht. Geld verdiente er nämlich auch keines. Dreizehn Mal musste die Familie umziehen, musste der kleine Fritz die Schule und damit auch seine Freunde wechseln, weil die Schulden, die der Vater gemacht hatte, zum raschen Aufbruch drängten.

Bald wurde klar, dass der kleine Fritz der viel talentiertere Maler war als sein Vater. Wenn der Senior sein Geld damit verdiente, Allegorienbilder wie «Jesus im Ährenfeld» zu kopieren, beschwerte sich der Junior darüber, dass die Jünger, die der Vater in die Landschaft gepinselt hatte, aussahen wie Landstreicher. Der Vater gab ihm recht. Wie in einem holländischen Meisteratelier teilten sich er und sein Sohn künftig die Arbeit: der Alte malte die Landschaften, der Junge die Figuren und die Gesichter.

Dem jungen Fritz ist das Vagabundenleben des Vaters ein abschreckendes Beispiel. Schon mit 20 gründet er ein eigenes Grafikatelier.

Mit seinen widerspenstigen Haaren sieht Fritz verwegen und attraktiv aus, außerdem hat er ein gewinnendes Wesen. Er kann zwar keine Noten lesen, aber auf dem Klavier beschwingt Jazz spielen. Er malt und illustriert. Das Atelier KALTENBACH & ZBINDEN in der Luzerner Zürichstraße hat bald 15 Mitarbeiter. Für Banago, ein Produkt der NAGO NÄHRMITTELWERKE in Olten, erfindet Fritz Kaltenbach die legendäre Puppe «Nagoli»:

Nagoli, seines Bruders Sohn,
ein kleiner, braver Bube,
war für den Onkel Mecky Meck
der Sonnenschein der Stube.
Er fädelte die Nadel ein
Und half das Futter säumen,
er nähte auch schon Knöpfe an,
half essen und half träumen.

Mit «Nagoli» schafft es Fritz 1954 aufs Titelblatt der Luzerner Wochenzeitschrift HEIM UND LEBEN.

Er und seine Frau Marta, die Fritz «Dada» nennt, haben drei Kinder: die Zwillinge Esther und Fritz und den Nachzügler Rolf.

Fritz Kaltenbach gehört zur selben Szene Luzerns, die auch von Marianne und Ruedi Berger frequentiert wird. Abends nimmt er seinen Apéritif in der Regina-Bar, manchmal auch im «Luzernerhof». Er geht auf Gesellschaften und Partys, die von den Platzhirschen in Luzern geschmissen werden. Die

Firmen BUCHERER und GÜBELIN rittern um die Vorherrschaft auf dem Markt der glänzenden Geschäfte; Fritz gestaltet für BUCHERER die Broschüre zum 75-jährigen Firmenjubiläum.

Auch beim legendären Bankier Ernst Brunner ist er Gast in dessen pittoreskem Schlösschen in Kriens. Brunner hat die Künstler der Stadt ganz besonders ins Herz geschlossen; er freut sich, wenn er ihr Mäzen sein darf.

Ganz Luzern ist erschüttert, als der beispiellose Skandal auffliegt: Ernst Brunner ist gar kein Bankier, er ist ein Hochstapler. Seine Privatbank ist pleite. Brunner nimmt sich das Leben, genauso wie der Vorsitzende des Verwaltungsrats Max Waibel, Oberstdivisionär der Schweizer Armee.

Dessen Schicksal ist besonders tragisch: Waibel hatte als junger Hauptmann der Schweizer Armee entscheidend dazu beigetragen, dass an der Italien-Front im April 1945 ein vorzeitiger Teil-Waffenstillstand zwischen der deutschen Wehrmacht und den Alliierten unterzeichnet wurde. Von seiner mutigen Tat, die Hunderten Menschen das Leben rettete, hat Waibel nie viel Aufhebens gemacht. Doch ebenso selbstverständlich fühlt er sich dem Betrüger Brunner verpflichtet und folgt ihm in den Freitod.

Marianne und Fritz kennen sich nur vom Sehen, als sie einander 1957 näher kommen. Marianne steckt in den Vorbereitungen zu ihrer Scheidung, Fritz entschließt sich prompt zum selben Schritt. Um die Sache zu beschleunigen, heuern die beiden einen Privatdetektiv an, der sie dabei beobachten soll, wie sie in einem Zürcher Nobelhotel gemeinsam eine Nacht verbringen. Der Mann erledigt seinen Job; nun ist der Scheidungsgrund aktenkundig. Um die damals geltende Frist von 18 Monaten zu unterlaufen, während der sich frisch Geschiedene nicht wiederverheiraten dürfen, reisen Marianne und

Fritz nach San Marino, wo dem kommunistischen Standesbeamten die Anstandsfristen des Schweizer Eherechts egal sind.

Zurück in Luzern, bezahlen sie für ihr forsches Vorgehen Strafe. Doch was beiden am wichtigsten war, ist erledigt: Marianne und Fritz sind Mann und Frau.

Und Marianne ist Marianne Kaltenbach.

Marianne, 37, bringt ihren Sohn Peter, 14, mit in die neue Ehe, Fritz, 44, seine drei Kinder Esther und Fritz, 19, und Rolf, 12. Die Patchworkfamilie wohnt zuerst in Littau und zieht, als Dada Kaltenbach nach Deutschland übersiedelt, in ein Reihenhaus im Wesemlin-Quartier.

Fritz baut den Kellerraum zum Grafikatelier um, und Marianne beginnt ihn bei kulinarischen Aufträgen gelegentlich zu unterstützen.

Größter Kunde des Ateliers ist der aufstrebende Lebensmittelkonzern NESTLÉ. Als dessen Werbeleiter die Firma verlässt, bleiben die Aufträge aus.

Fritz Kaltenbach erhält ein Angebot des berühmten Zürcher Werbers Fänsch Farner, als Kreativdirektor an die Limmat zu wechseln.

In diesem Augenblick erinnert er sich daran, was es heißt, Vaters Sohn zu sein: er lehnt ab.

Fritz liebt seine Freiheit, auch wenn diese nur eine Idee ist. Er liebt den Gedanken, sich wenn nötig nach Spanien zurückziehen zu können, wo er auf Empfehlung von Freunden und Verwandten an der Costa Brava ein Grundstück mit einer Mühle erworben hat: die «Molino Mayola».

Das alte Gebäude liegt am Dorfrand von Calonge, abseits des großen touristischen Trubels, zwischen Palamós und Playa de Aro. Der Weg zum Haus führt durch ein Bachbett,

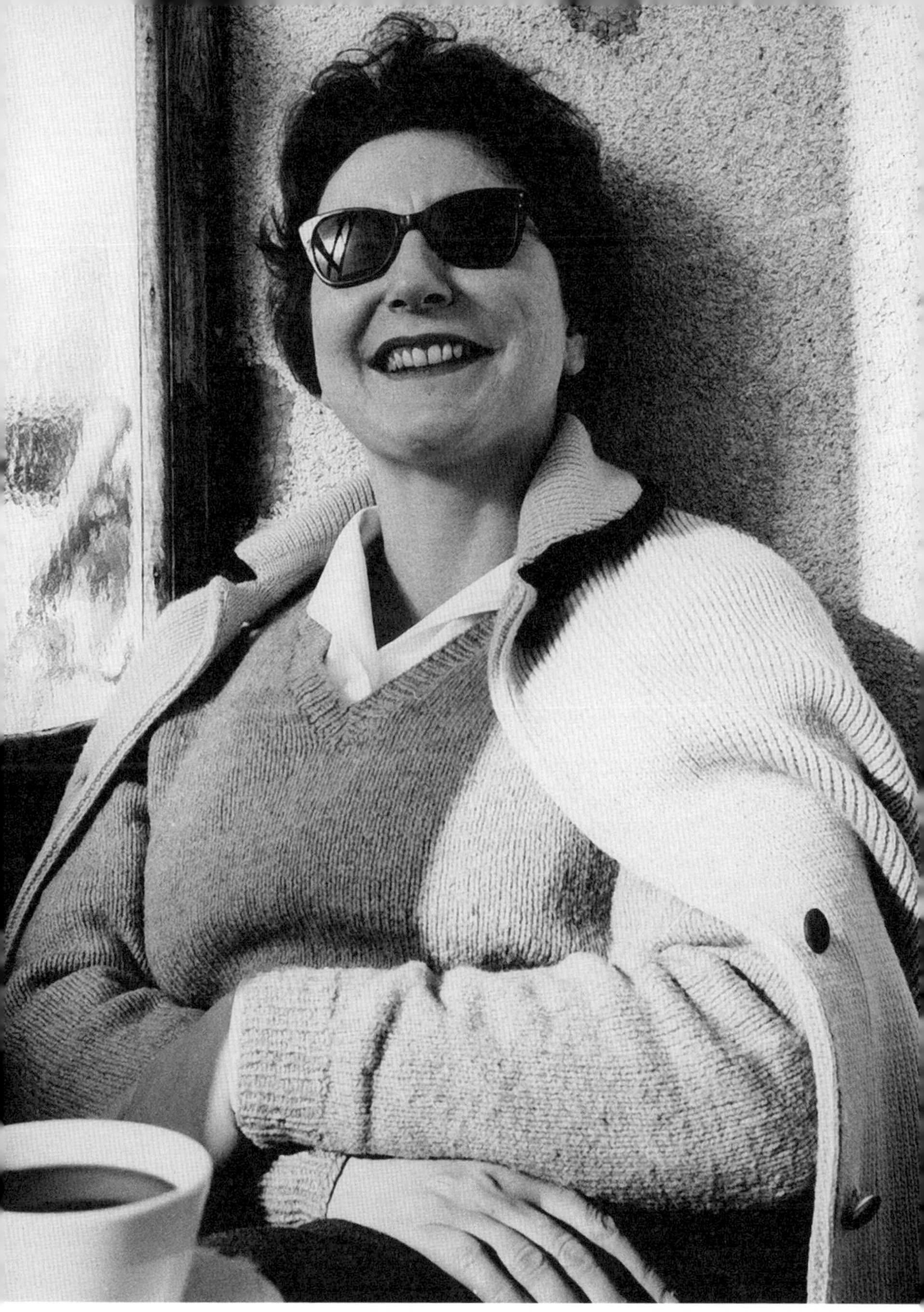

Marianne in Andermatt auf Skiurlaub, 1959

Molino Mayola, die Sommerresidenz der Kaltenbachs an der Costa Brava in Spanien, 196

für Fußgänger über eine kleine Hängebrücke. Die 150 Jahre alte Finca war früher eine Weizenmühle, deren Betrieb 1928 eingestellt wurde. Später dient sie als Bauernhaus.

Nicht nur Fritz, auch Marianne fühlt sich in Spanien in ihrem Element. Sie hilft den zahlreichen Freunden, die auf Besuch kommen und mit dem Gedanken spielen, ebenfalls eine Immobilie anzuschaffen, bei kleineren und größeren Geschäften – ein Talent, das ihr Sohn Peter bald auch bei sich entdeckt.

Die Mühle ist für die Familie ein mythischer Ort: Rückzugsgebiet. Aromatherapie.

«An der Architektur wurde nichts geändert, die wunderschönen Gewölbe sind erhalten geblieben, die Mühlsteine dienen heute als Gartentische, und der ehemalige Wassergraben wurde in einer Art Patio verwandelt, wo man im Schatten eines großen Baumes träumen kann. Im kühlen Inneren des Hauses stehen alte Bauernmöbel, und die riesengroße Küche, vor dem Umbau ein halbzerfallener Hühnerstall, verführt zum Kochen, zum Ausprobieren all der guten südlichen Zutaten, wie Tomaten, Zucchetti, Peperoni, Auberginen, Lammfleisch, Fische oder Meeresfrüchte. Im Essraum, dem ehemaligen Pferdestall, lässt sich an einem langen Holztisch für zwölf Personen genießen, was aus der Küche kommt.»

So beschreibt Marianne Kaltenbach in ihren «Ferienerinnerungen» die «Molino Mayola».

Spanien bleibt für die Kaltenbachs immer eine Fluchthypothese, doch die Schweiz ist ihre Realität.

Fritz Kaltenbach entkommt also der Anstellung, doch seine Werbefirma muss neu aufgestellt werden. Es ist Marianne, die Fritz den Vorschlag macht, gemeinsam eine Agentur für kulinarische Werbung zu gründen. Fritz ist einverstanden.

Die Agentur bekommt den Namen CULINARIS. Als die SCHWEIZERISCHE BANKGESELLSCHAFT, deren Kantine CULINARIUM AG heißt, Einspruch erhebt, wird der Name auf CULINAS geändert.

Marianne, die begonnen hat, ihren Traum vom Hochschulstudium spät, aber dennoch in die Realität umzusetzen, bricht das gerade erst begonnene Studium wieder ab und fährt zweimal pro Woche nach Zürich, um sich beim Reklameberater Hans Gfeller – gemeinsam mit ihrem Sohn Peter – zur «Werbeassistentin» ausbilden zu lassen.

Bald steht der erste vielversprechende Auftrag vor der Tür, eine Kampagne für Biskuits. Als der Vertrag in den Räumlichkeiten der CULINAS unterschrieben werden soll, kommt es zum Eklat: der Werbeleiter des Kunden ist von der Schäbigkeit des Souterrain-Büros so schockiert, dass er den Auftrag zurückzieht. Einer Agentur, die so haust, traut er keine professionelle Auftragsabwicklung zu.

Marianne und Fritz lernen prompt aus dieser Lektion, und wohl auch nicht ungern. Sie gehen auf die Suche nach einem Büro, das höheres Prestige vermittelt, und finden nach kurzer Suche die Villa «Belvoir» in St. Niklausen.

Das Belvoir ist eine prachtvolle weiße Jugenstilvilla aus dem Jahr 1906, die in der Mitte eines Parks mit zahlreichen hundertjährigen Bäumen steht wie ein Sommerschlösschen der Habsburger. Von den verschiedenen, übereinander geschachtelten Terrassen des Hauses hat man einen atemberaubenden Blick auf den Vierwaldstättersee, auf das gegenüberliegende Ufer bei Meggen, auf die unverkennbare Silhouette der Rigi. Den Rücken der Villa hält der Pilatus frei.

Das Belvoir ist etwas heruntergekommen. Fritz kommandiert persönlich die Arbeitstrupps, ob Handwerker, ob Familienmitglieder. Im Salon stört eine überdimensionale

Schiebetür sein Gefühl von räumlicher Großzügigkeit. Also setzt er sich in seinen weißen MG-Sportwagen und fährt mit Sohn Peter auf dem Beifahrersitz ins Hotel «Axenstein», das oberhalb von Brunnen in den Felsen hockt, um aus dem vor dem Abbruch stehenden Haus jene Laufmeter Parkett zu besorgen, die ihm im Belvoir fehlen.

Als die Familie wenig später nach St. Niklausen zieht, ist ein Problem ausgeräumt: nie wieder wird der CULINAS ein Auftrag wegen mangelnder Repräsentativität entgehen. Viel fraglicher scheint, wie sich der prächtige Firmensitz mit protestantischer Bescheidenheit in Einklang bringen ließe – gut, dass im katholischen Luzern kein Hahn nach dieser Bescheidenheit kräht.

Wenn Fritz Gäste mit nach Hause bringt, serviert Marianne Menüs, die sie in ihrer Karriere als kulinarische Autodidaktin perfekt zu kochen und zu präsentieren gelernt hat: regionale Speisen, mit einem Blick aus dem Augenwinkel zubereitet. Dieser interessierte, schelmische Blick schweift nach Westen, zu den Klassikern der Pariser Bistroküche, und nach Süden, zu den sonnenverwöhnten Aromen des Mittelmeerraums.

Als der Zürcher Verleger Emil Hartmann zum zweiten Mal im Belvoir bewirtet wird, trifft er am Ende eines ausufernden Abendessens eine dienstliche Entscheidung. Er bittet Marianne aufzuschreiben, wie dieses Abendessen zustande gekommen ist. Natürlich bittet er im Tonfall des Patriarchen, für den Widerspruch ein Fremdwort ist.

Marianne schreibt auf.

Die ersten Rezepte von Marianne Kaltenbach erscheinen auf den Seiten des «Nelly-Kalenders», einer der Erbauung und Unterweisung von Hausfrauen gewidmeten Publikation des Zürcher Hartmann-Verlags.

Es dauert nicht lange, und Emil Hartmann bringt ein Büchlein mit den gesammelten Rezepten von Marianne Kaltenbach heraus. Es heißt «Pikantes Gebäck» und trägt neben dem Namen Marianne Kaltenbach noch den Namen seiner Verlegerin Nelly Hartmann.

Das ändert sich wenig später, als «Gastfreundschaft unkompliziert» erscheint. Das Buch – «Von Marianne Kaltenbach» – wird zum Schlager.

Alice Bucher, die Verlegerin der LUZERNER NEUESTEN NACHRICHTEN, begreift rasch, dass Marianne Kaltenbachs Rezepte etwas Besonderes haben. Bucher ist von der charmanten Anwendbarkeit der Texte beeindruckt und fragt bei Marianne Kaltenbach an, ob sie nicht die Küchen- und Haushaltsseiten des ILLUSTRIERTEN FAMILIENFREUNDS – eines Vorläufers der heutigen SCHWEIZER FAMILIE – übernehmen will.

Marianne ist von diesem Angebot beeindruckt. Allerdings erschrickt sie angesichts des drohenden Arbeitsvolumens; die Arbeit in der CULINAS hat nämlich auch deutlich zugenommen.

Sie nennt einen ihrer Meinung nach abschreckenden Tarif: das Dreifache dessen, was sie bei Hartmann für ihre Mitarbeit am «Nelly-Kalender» bekommen hat.

Bucher akzeptiert mit dem schmalen Lächeln derer, die nicht zeigen möchte, dass sie weiß, welch gutes Geschäft sie gerade gemacht hat. Von nun an liefert Marianne Kaltenbach zwei Jahre lang vier Seiten pro Woche an den FAMILIENFREUND. Dann wird sie von der ANNABELLE abgeworben.

Die ANNABELLE hat, wie das deutsche Schwesterblatt BRIGITTE, aus dem Heft trennbare Rezeptkarten auf Karton eingeführt, eine neue und rasch beliebte Serviceleistung für Frauen, denen ihre gewohnten Menüs für die tägliche Küche zu langweilig geworden sind. Kaltenbach übernimmt die Redaktion und «macht zwölf Jahre lang die Karten». Sie setzt Themen und sammelt entsprechende Rezepte. Pariser Bistroküche. Küche der Provence. Italienische Küche. Und natürlich die Schweiz, das große kulinarische Assimilationsgebiet.

Die Fotos zu den Karten werden im Belvoir geschossen, wo im ersten Stock inzwischen ein geräumiges Studio für kulinarische Fotografie eingerichtet ist.

Als 1977 «Ächti Schwizer Chuchi» erscheint, die Sammlung traditioneller Schweizer Rezepte aus historischen Quellen, hat Marianne Kaltenbach nicht nur bereits einen Laufmeter eigener Bücher im Regal stehen: sie hat endlich ihr Meisterstück abgeliefert.

Die Sammlung traditioneller Schweizer Rezepte ist nicht nur eine beeindruckende ethnographische Leistung; Marianne Kaltenbach hat dafür in alten Kochbüchern, Archiven, an Ort und Stelle recherchiert. Die Rezepte, die nach dem Jahreskreis gegliedert, aber quer durch die Schweizer Regionen angeordnet sind, erzählen nicht nur von regionalen Vorlieben – und daraus zu schließenden regionalen Schwerpunkten in der Landwirtschaft –, sondern auch von der beeindruckenden Selbstverständlichkeit der sogenannten kleinen Leute, aus dem, was ihnen zur Verfügung stand, interessante, fantasievolle Speisen zu kochen.

Nebenbei kann man aus den Rezepten ablesen, wie die Schweiz ausgesehen hat, bevor es eine funktionierende Konservierungsindustrie gab und durchgehend perfekt eingerichtete Privatküchen: die traditionellen Rezepte sind Pamphlete für die saisonale Küche, in ihrer Bodenständigkeit moderner als viele aktuelle Publikationen.

Marianne Kaltenbach, das ist in jeder ihrer Zeilen nachzulesen, hat vor dem Kleinen, vor dem Einfachen höchsten

Respekt. Sie referiert die regionalen Unterschiede bei der Zubereitung von verschiedenen Rösti-Gerichten penibel, weil ein Hauch Speck mehr oder weniger eben den entscheidenden Unterschied zwischen Obwalden und Nidwalden macht, und wer ist sie, um sich über solche Unterschiede hinwegzusetzen? Sie schreibt beide Rezepte auf, mit mehr Speck und mit weniger, und am Ende des Tages wird ohnehin die Person im Küchencockpit entscheiden, wo sie mit ihrer Mahlzeit landen will.

Marianne Kaltenbach ist keine Missionarin. Sie liefert bloß Angebote.

Im Vorwort zu ihrem Bestseller «Kreativ kochen» schreibt sie: «An Ihnen, verehrte Leserinnen und Leser, liegt es nun, sich [von meinen Rezepten] anregen zu lassen und mit frischem Mut und beflügelter Fantasie Ihre eigenen, persönlichen Kochschöpfungen zu vollbringen. Es ist ganz einfach: benützen Sie meine Rezepte als Grundlage und wandeln Sie sie je nach Jahreszeit und Angebot individuell ab. Bei den meisten Basisrezepten werden Sie Varianten finden, daraus lassen sich immer wieder neue, überraschende Gerichte komponieren. Die Grundzubereitung ist in der Regel so einfach, dass es kinderleicht ist, sie weiterzuentwickeln.»

Damit ist auch gesagt, was die Kaltenbach von der dogmatischen Autorenküche namhafter Köche hält.

Nicht dass sie deren Kreationen nicht geschätzt hätte: im Restaurant.

Für das tägliche Kochen ist sie jedoch viel zu sehr selbst diejenige geblieben, die jahrelang eine Familie zu verköstigen hatte, ohne dass jemand für die *mise en place* gesorgt hätte. Ihr Grundgedanke beim Entwickeln von Speisen richtet sich also weniger auf die besonders raffinierte Kombination ausgefallener Aromen als auf die bombensichere Anwendbarkeit jedes Rezepts – und auf dessen kulturelle Redlichkeit. Ausgestattet mit diesen beiden speziellen Fühlern gelingt es Marianne Kaltenbach, nach der schweizerischen Küche auch mit einem Kochbuch über die italienische Küche einen veritablen Bestseller zu landen. Das Buch heißt übrigens programmatisch: «Aus Italiens Küchen». Es erhebt keinen Anspruch auf Vollständigkeit: wie auch?

Hunderttausend Leserinnen und Leser danken es der Kaltenbach, und über die Jahre stellt sich heraus, dass deren Rezeptsammlung nicht nur informativ, einfach und präzise ist, sondern auch haltbar: «Aus Italiens Küchen» ist heute so richtig und wertvoll wie bei seinem Erscheinen Anfang der achtziger Jahre.

Als ANNABELLE-Autorin war Marianne Kaltenbach bekannt gewesen. «Aus Schweizer Küchen» (wie das Buch später in der für Deutschland bestimmten Ausgabe heißen sollte) macht seine Autorin berühmt – nicht zuletzt dank eines kaum sichtbaren Zusatzes am Anfang des Buches.

«Die Gerichte dieses Buches wurden von mir durchgekocht», schreibt die Kaltenbach, und: «Sollten aber trotz allem Unklarheiten auftauchen, stehe ich gern für Auskünfte zur Verfügung.»

Diese helfende Hand nehmen die in Schweizer Küchen handelnden Personen gern in Anspruch, schriftlich, telefonisch, persönlich. Frau Kaltenbach – die Marianne – wird zur Freundin der Familie, nämlich jeder Familie, und das erhebt sie im Ansehen ihrer Kundschaft über elegantere Schreiberinnen (Alice Vollenweider) oder verspieltere Köchinnen (Elfie Casty).

Marianne Kaltenbach ist dort angekommen, wo sie nicht mehr wegzudenken ist: in jeder Küche des Landes.

Die CULINAS

Als die Villa Belvoir bezogen ist, verschickt Fritz Kaltenbach als erstes Rufzeichen der eigenen Neuerfindung eine Postkarte. Sie zeigt das imposante Profil des Jugendstilhauses in der denkbar prächtigsten Ausstattung: schwarz-weiß auf goldenem Hintergrund.

Die Adresse ist genauso vom Feinsten – 6046 St. Niklausen – wie die Telefonnummer: 444440. Solche Nummern leisten sich heutzutage nur noch Taxiunternehmen.

Die CULINAS AG startet mit Marianne und Fritz Kaltenbach, zwei Grafikern und einer Sekretärin.

Das Unternehmen ist vielleicht kleiner als die verbreitete Aura, aber zum vielleicht ersten Mal in ihrem Leben fühlt sich Marianne Kaltenbach wirklich in ihrem Element. Das Kulinarische bestimmt ihr Leben nicht mehr nebenbei, im Hintergrund oder als Ersatz für familiäre Langeweile. Marianne schreibt, denkt und agiert kulinarisch. Mit knapp vierzig Jahren ist sie endlich ein *professional*.

Es dauert nicht lange, bis die Kaltenbach ihre Qualitäten auch in messbare Erfolge umsetzen kann. Sie bringt einen entscheidenden Vorteil in ihr neues Geschäft mit: sie ist nicht eine Spur betriebsblind. Sie weiß, dass es gerade auf dem kulinarischen Sektor keinen Sinn hat, für die Galerie zu spielen, Kampagnen zu kreieren, vor denen andere Grafiker den Hut ziehen, und die wahre Zielgruppe zu vergessen: die Hausfrauen.

Denn Anfang der sechziger Jahre wird gegessen, was das Hausmütterchen auf den Tisch stellt. Für die Schweiz gilt, was der Schriftsteller Julian Barnes zur selben Zeit in den Außenbezirken Londons beobachtet: Aus der Küche «kamen Mahlzeiten und meine Mutter heraus; die Mahlzeiten basierten oft auf den Gartenerträgen meines Vaters, doch weder er

Villa Belvoir, St. Niklausen/Luzern, 1966

Fritz Kaltenbach mit Grafikern im Atelier der CULINAS, 1971

Marianne Kaltenbach (rechts) empfängt Journalistinnen in der CULINAS, 1978

Feierliche Präsentation der Luzerner Chügelipastete im Belvoir *(Rezept Seite 18)*

selbst noch mein Bruder oder ich fragten je, wie diese Verwandlung zustande gekommen war.»

Marianne Kaltenbach ist sich im Klaren, dass die Placierung kulinarischer Botschaften nur gelingen kann, wenn sie direkt an die Personen gerichtet werden, die über das mythologische Wissen zu besagter Verwandlung verfügen. Noch in der Neuauflage ihres Buches «Aus Schweizer Küchen», das 2004 erscheint, wendet sie sich explizit an die Spezies «Hausfrau»: Was im Buch als «Arbeitsaufwand» ausgewiesen ist, meint laut Kaltenbach die Zeit, «die eine durchschnittlich geübte Hausfrau für die Vorbereitungen oder am Herd verbringen muss».

Kurios, dass ausgerechnet der Respekt vor dem Durchschnittlichen zur Triebfeder für ein epochales Lebenswerk werden sollte.

Als Sarah Rieder, die in Genf bei einer internationalen Werbeagentur arbeitet, von der neuseeländischen Lamm-Organisation kontaktiert wird, macht sie sich Gedanken, wie man das feine Fleisch der Tiere, die auf der anderen Seite der Weltkugel auf großzügigen Weiden aufgewachsen sind, in der Schweiz populär machen könnte.

Das erweist sich nämlich als schwierig. Die Schweizer haben Vorbehalte gegen Lammfleisch: «Es bökelet.»

Außerdem wird das neuseeländische Lamm gefroren in Containern nach Europa verschifft. Auch das ist man in der Schweiz nicht gewöhnt, und es gilt flächendeckend das alte Sprichwort: Was der Bauer nicht kennt, das frisst er nicht.

Sarah Rieder kontaktiert die CULINAS. Ob man vielleicht eine Idee habe?

Marianne Kaltenbach ist Feuer und Flamme. Erstens begreift sie schnell, dass die Qualität des Lamms, das von drei bis vier Monate alten Tieren stammt, die sich nur von Weidegras ernährt hatten, etwas völlig anderes darstellt als die der Schweizer Schafe, bei denen das «Bökeln» nun tatsächlich nicht ganz ausgeschlossen werden kann. Zweitens hat sie eine substanzielle Idee.

Sie überzeugt Sarah Rieder, das Budget der Neuseeländer nicht wie gewohnt in Zeitungs- und Zeitschrifteninserate zu investieren. Stattdessen schlägt sie vor, Degustationen zu veranstalten.

Es geht landauf, landab in große Restaurantsäle. Die Veranstaltungen laufen stets nach dem gleichen Muster ab: Am Nachmittag instruiert die Kaltenbach die Köche, wie sie das New Zealand-Fleisch zubereiten sollen – sie wählt dabei vorsichtigerweise Rezepte, die den Eigengeschmack des Lamms möglichst in den Hintergrund stellen, wie zum Beispiel kräftig gewürzte Ragouts; überfordern möchte sie ihre Klientel nun auch wieder nicht –, abends werden die rundum gut angekündigten Gratisverkostungen für ein breites Publikum durchgeführt.

Die Säle sind voll. Die «Lamm-Versucherli», wie sie Sarah Rieder liebevoll nennt, sind ein Riesenerfolg.

Der Publikumserfolg lockt die Medien an. Erst kommt die Presse, dann das Radio, zuletzt wie immer das Fernsehen. Die Vorzüge neuseeländischen Lamms werden zum Thema. Der Auftraggeber aus «Downunder» kann mit der Kampagne zufrieden sein, aber auch Marianne Kaltenbach.

Jede Promotion, den ihr Gegenstand erfährt, befördert auch sie selbst. Sie gewinnt an Profil und an Selbstvertrauen. Aus zahllosen Kontakten zu den Menschen, die sie mit ihren Rezepten ansprechen möchte, verbessert sich ihr Gefühl, was diese wirklich möchten, wodurch sie sich persönlich angesprochen fühlen.

Einmal mehr hilft der Kaltenbach, dass sie durch keinerlei professionellen Ballast an irgendeine herrschende Lehre gebunden ist. «Sie geht», analysiert Sarah Rieder voller Hochachtung, «viel natürlicher und einfacher ans Verfassen von Rezepten und Büchern als etwa Hauswirtschaftslehrerinnen oder auch Köche. Alles, was aus ihrer Feder stammt, ist nachvollziehbar, einfach und klar machbar für jede Hausfrau. Mit dem Resultat, dass die Frauen bessere Köchinnen geworden sind – experimentierfreudig und lustvoll.»

Dank überdurchschnittlicher Erfolge bei Kundschaft und Auftraggebern – das eine bedingt das andere – expandiert die CULINAS rauschhaft.

Als Partnerin steigt Agnes Amberg ein; sie leitet das Außenbüro in Genf.

Das Belvoir wird vom Fluchtpunkt einer Erfolgsidee zu deren lebendiger Manifestation. Der Erfolg lockt immer mehr Leben nach St. Niklausen, die Aktivitäten der Agentur und die Leidenschaften ihrer Betreiber decken sich in hohem Maß.

Das Parterre ist der Repräsentation gewidmet. Hier treffen sich bis zu 60 Gäste zu Veranstaltungen und degustieren, was in der benachbarten Testküche zubereitet wurde. Im ersten Stock sind Grafik- und Fotoatelier untergebracht; im Raum nebenan wohnen Marianne und Fritz Kaltenbach. Die frühere Dienstbotenwohnung im zweiten Stock – der mit der besten Aussicht – dient einem Team von Werbeberatern, um ihre Kunden zu empfangen.

Die Messingtafel mit dem Schriftzug «Werbeagentur CULINAS» hängt beim Lieferanteneingang. Das Belvoir braucht keine Erklärungen mehr, es erklärt sich selbst.

Auch wenn Marianne Kaltenbach inzwischen ganz genau weiß, mit welchen kulinarischen Vokabeln sie ihr Zielpublikum ansprechen muss, ist doch Fritz Kaltenbach der eigentliche Impresario der CULINAS. Was Marianne zur substantiellen Arbeit der Agentur beiträgt, besorgt Fritz für deren Präsentation.

Er ist ein stämmiges, selbstbewusstes Mannsbild, das äußerlich seinem Lieblingsschriftsteller Hemingway immer ähnlicher sieht. Neben den unbestrittenen künstlerischen Qualitäten hat Fritz die Gabe, in nachvollziehbaren Bildern zu sprechen und recht schnell zum Kern einer Angelegenheit vorzustoßen. Er redet nicht herum. Er entwickelt Strategien. Um Details kümmert er sich nicht. Wozu hat er seine Mitarbeiter?

Marianne nennt ihn *terrible simplificateur,* den schrecklichen Vereinfacher.

Fritz Kaltenbach hat ein gutes Gefühl dafür, ob er mit seinen Ausführungen beim Kunden auf Resonanz stößt. Er kann, sobald er spürt, dass eine andere Strategie gefragt wäre, ansatzlos umschalten. Oft wendet er dann sein berüchtigtes «Drei-Phasen-System» an, eine pseudowissenschaftliche Parastrategie, mit der sich praktisch jedes Problem in drei Teile zerlegen lässt.

Die Entwürfe für Anzeigenmotive, aber auch für ganze Werbekampagnen zeichnet Fritz Kaltenbach mit Filzstift auf Zeitungspapier im A4-Format, das von der Hausdruckerei geliefert wird.

Leere Blätter mit vielen Kästchen: Grafiker, Berater und Assistenten wissen, was gemeint ist. Sie können das Konzept in Layouts, elaborierte Exposés, Overhead-Folien und Präsentationsunterlagen übersetzen.

Marianne Kaltenbach sitzt in ihrem Büro und schreibt auf einer orangefarbenen IBM-Kugelkopf-Schreibmaschine Rezepte auf das gleiche Zeitungspapier, auf das ihr Mann strategische Skizzen wirft. Macht sie Fehler, übertippt sie diese: xxxxxxx. Korrekturen nimmt sie handschriftlich vor. Nur französische Akzente werden aufwendiger mit Tipp-Ex korrigiert.

Der Tagesablauf in der CULINAS folgt einem geradezu rituellen Ablauf.

Gegen acht beginnt die Arbeit. Bei der ersten Kaffeepause im Salon, die zwischen halb zehn und zehn stattfindet, verteilt der Boss die Post: Befehlsausgabe ohne Kaserne.

Was Fritz Kaltenbach nicht weiß: Wird eine besonders dringende Sendung erwartet, wühlt sich ein Assistent schon in aller Herrgottsfrüh dazu durch, um das insgesamt gemessene Tempo etwas zu steigern.

Beim Kaffee sortiert der Patron die Aufgaben des Tages. In der großen Runde aller Mitarbeiter werden Termine abgestimmt und Abläufe in der Küche und im Fotostudio festgelegt.

Zu Mittag gibt es Lunch für Fritz, Marianne und ihren Sohn Peter, der nach einem Ausbildungsjahr in London in die Agentur eingestiegen ist und die Beratung der Kunden übernommen hat. Auch auswärtige Besucher werden an den Tisch gebeten.

Es gibt entweder speziell gekochte Mahlzeiten oder das «Fotoessen»: Gerichte, die am Vormittag in der Showküche zubereitet worden sind, um anschließend unter den hellen Lampen des Fotoateliers für die jeweiligen Auftraggeber appetitlich in Szene gesetzt zu werden. Täglich entstehen Bilder für die Rezeptkarten der ANNABELLE, für Rezeptbücher, Anzeigenmotive für andere Werbemittel.

Zum Essen wird im Glasdekanter der Hauswein «Gigondas St-André» aufgetragen.

Fritz Kaltenbach ist ein stolzer Rotweintrinker. Menschen, die Weißen bevorzugen, kanzelt er als «Choleriker» ab.

Der Gigondas ist ein gefälliger Côtes-du-Rhône, ohne große Unterschiede im jeweiligen Jahrgang, gut im Preis, was sich bei dem erheblichen Konsum im Belvoir günstig auf das Haushaltsbudget auswirkt. Gut 20 Jahre lang bezieht ihn Fritz Kaltenbach aus dem COOP-Weinkeller in Basel.

Wein ist im Belvoir ohnehin eine valide Währung. Als der aggressive Rauhaardackel mit dem irreführenden Namen «Museli» den Briefträger beißt, bekommt dieser nach vollzogener Verarztung drei Flaschen Gigondas zur Abgeltung der erlittenen Schmerzen.

Von Hemingway gibt es die Anekdote, dass er eines Tages die Pissrinne aus dem Klo seiner Lieblingsbar gerissen habe, um sie als Katzentränke heimzutragen. Er fand, bei der Summe, die er durch dieses Pissoir geschickt hatte, sei es gerechterweise sein Eigentum.

Auch die Kaltenbachs reisen nach Gigondas und wundern sich scherzhaft, dass ihnen das Dorf noch nicht gehört. Wenigstens ein Denkmal für den Goldenen Kunden könnte auf dem Hauptplatz stehen...

Am Nachmittag wird bis halb sechs oder sechs gearbeitet, selten länger. Dass der Arbeitstag seinem Ende zugeht, signalisiert einmal mehr der Patron. Er setzt sich, wenn es soweit ist, an das weiß lackierte Klavier im Salon und gibt Jazzklassiker zum Besten, anregende Improvisationen im Stil von Errol Garner.

Zum Apéritif gibt es Gigondas; wer möchte, bekommt auch einen Whisky.

Nicht selten bleiben die Angestellten noch auf einen Drink. Die Gespräche schweifen von der Arbeit ab, man pflügt durch die Themen des Tages.

Abends hat die Küche frei. Um die Verpflegung der Familie kümmert sich nach gewohntem Muster Marianne Kaltenbach persönlich. Sie kann auf viele Reste zurückgreifen, die sich im Lauf des Tages angesammelt haben, sie experimentiert und improvisiert. Kein Wunder, wenn in ihren Büchern die «Anmerkungen» am Ende jedes Rezepts immer virtuoser werden: Tag für Tag prüft sie Variationen erprobter Rezepte auf ihre Brauchbarkeit.

Wenn das Haus schließlich leer ist, gönnt sich die Patronne noch einen Krimi im Fernsehen. Das heißt: sie nimmt voller Vorfreude auf dem Sofa Platz, um nach wenigen Minuten einzunicken und den bekanntlich besonders wertvollen Schlaf vor Mitternacht zu konsumieren.

Oft genug steht das Belvoir im hellen Licht gesellschaftlicher Anlässe. Das Haus ist inzwischen innen und außen dafür ausgestattet. Als zum Beispiel der Unternehmensberater Curt Spörri von Bekannten zu einem «einfachen, lockeren Abendessen bei lieben Bekannten» mitgenommen wird, öffnet den unvorbereiteten Besuchern in St. Niklausen eine Haushälterin mit weißem Spitzenhäubchen und führt sie mit feierlicher Miene in das von einem gleißenden Kronleuchter hell ausgeleuchtete Foyer. Frau Kaltenbach werde demnächst die Begrüßung vornehmen.

An der Garderobe hängen, perfekt ausgerichtet, sechs schwarze Bowler-Hüte, sogenannte «Melonen». Links neben jedem Hut ein Paar weicher, weißer Lederhandschuhe, rechts ein Gehstock mit Silberknauf.

Als sich Spörri fragt, ob er nicht vielleicht im falschen Film gelandet ist, kommt Marianne Kaltenbach die Stiegen hinunter, freudestrahlend, herzlich und elegant – mit umgebundener Küchenschürze.

Es wird ein Abend, den Spörri, der ehemalige MAGGI Product Manager, nicht mehr vergisst: unterhaltsam, großzügig, genussvoll. Außerdem wird es spät, bis die Vögel zwitschern.

Erst als man sich schließlich doch noch verabschiedet, wird der Gast über die missverständlichen Utensilien an der Garderobe aufgeklärt: es handelt sich um ein Arrangement von Fritz Kaltenbach, um eine künstlerische Intervention im, sagen wir, halböffentlichen Raum.

Berühren strengstens verboten.

Fritz Kaltenbach richtet das Belvoir ganz nach seinen Vorstellungen ein, schafft Antiquitäten und Schmuckgegenstände heran. Er engagiert aus dem Haushalt der Verlegerin Alice Bucher den pensionierten Butler Hans. Vor dem Haus parkt, durchaus zum Stil des Hauses passend, der graue JAGUAR Mark II, Baujahr 1961, mit den roten Ledersitzen.

Die CULINAS arbeitet für HAECKY, Basel, für HEINZ (Tomaten-Ketchup), SPICE ISLANDS (Gewürze), für LIEBIG (Fleischextrakt). Sie entwickelt die Werbelinie für KUHN RIKON und deren Duromatic- und Durotherm-Pfannen und setzt sich in mehreren Präsentationen gegen wesentlich größere Zürcher Agenturen durch. Sie lanciert «Howeg-Bonduelle»-Tiefkühlgemüse, gründet einen erfolgreichen Weinklub für OBRIST WEINE, Vevey.

Zahlreiche staatliche und private Interessenverbände nehmen die Dienste der CULINAS in Anspruch, um die Produkte Milch, Butter, Rapsöl, Mais, Alufolie oder Geflügel zu promoten.

Vor allem die Placierung dieser generischen Produkte im redaktionellen Teil von Zeitungen und Zeitschriften liegt Marianne Kaltenbach gut. Sie kann unter Verwendung der jeweiligen Produktgruppen Rezepte kreieren, diese mit den

Redaktionen abstimmen, Fotos produzieren und die gewonnenen Erkenntnisse für ihre Bücher verwenden, die sie nun im schnellen Rhythmus auf den Markt bringt.

Was im Grunde unvereinbar klingt, eine Mischung aus PR und Journalismus, ist für die Karriere der Kaltenbach ein effektiver, doppelmotoriger Antrieb. Die kulturelle Redlichkeit, mit der sie an den großen Standardkochbüchern arbeitet, wird durch die Wünsche der Auftraggeber nicht verwässert, denn die wünschen sich von ihr nur eines: dass sie ihre nachvollziehbare kulinarische Kreativität in den Dienst der jeweiligen Sache stellt.

Die Kaltenbach wiederum legt jedes gelungene Rezept in der Mappe «Kreatives Kochen» ab. Eine Anregung behandelt sie als Anregung, bezahlt oder nicht.

Das Belvoir ist dabei nicht nur Schauplatz der aktuellen Produktionen. Auch die Jahrespräsentationen, bei denen die Kunden die Budgets für das kommende Jahr freigeben, finden bei üppigen Mittagessen in St. Niklausen statt, genauso wie Präsentations-Diners für Presse und Haushaltslehrerinnen.

Als es zum Beispiel um das Thema «Geflügel» geht, wird folgendes Menü serviert:

Geflügelsalat mit chinesischen Pilzen
Essenz von Geflügel und Scampi
Ravioli mit Geflügelfüllung
Gefüllte Taubenbrüste mit Cream-Sherrysauce
Poularde mit Champagnersauce, Trüffeln und Pistazienreis
Orangensalat mit Grapefruitcreme

An Marianne Kaltenbachs Prinzip, ihre Kunden mit dem, was auf dem Teller ist, zu überzeugen, hat sich nichts verändert. Der wesentliche Unterschied besteht darin, dass sie nicht mehr zu den Mulitplikatoren gehen muss, sondern dass diese zu ihr kommen.

Empfänge für bis zu 60 Personen sind im Belvoir keine Seltenheit.

1975 empfängt Fritz Kaltenbach die Pensionierung von eigenen Gnaden. Er ist 61 Jahre alt und hat keine Lust mehr zu arbeiten.

Seine Frau hingegen hat keine Lust, zurückzustecken.

Mit Sohn Peter besorgt sie die Leitung der Agentur; außerdem übernimmt die Kaltenbach das bürgerliche Restaurant «Hubertus» in der Luzerner Hertensteinstraße und folgt damit dem Drängen zahlreicher Freunde und Ratgeber: jetzt ist sie, was sie bisher nur war, wenn sie Lust darauf hatte: Wirtin.

Der «Raben»

Also übernimmt Marianne Kaltenbach den «Raben». Der «Raben» liegt fantastisch; man betritt das Restaurant über eine kleine Treppe, die vom Luzerner Kornmarkt hinauf ins Lokal führt. Diese Sicht. Das mittelalterliche Zentrum Luzerns. Das Plätschern der Reuß. Die hölzerne Kapellbrücke. Pittoresker geht es nicht.

Doch die Kaltenbach übernimmt den «Raben» ohne Enthusiasmus. Sie ergreift eine Gelegenheit, die man einfach ergreifen muss, auch wenn man nicht genau weiß, warum eigentlich.

Restaurant «Zum Raben» (Haupteingang), Luzern, 1988

Marianne Kaltenbach im «Raben», Luzern, 1988

Sie steht am Zenit ihres Ruhms. Längst ist sie aus dem Schatten ihres Mannes hervorgetreten. Sie hat eine Reihe von Bestsellern hingelegt, wird im nächsten Jahr ihren sechzigsten Geburtstag feiern, und ein befreundeter Architekt hat ihr mitgeteilt, dass der «Raben» zu haben ist, weil der Pächter den Kopf nicht mehr aus der Schlinge seiner Schulden ziehen kann.

Sie denkt sich: Hmm.

So schlecht sind ihre Erfahrungen mit dem «Hubertus» in der Hertensteinstraße gar nicht gewesen. Das Lokal, bekannt für seine deftige bürgerliche Küche, also urschweizerischen Gerichte, und die Klientel, die traditionell der CVP, den früheren Katholisch-Konservativen oder «KK», nahesteht, hat gar nicht so schlecht in das Beschäftigungsprofil der Familie Kaltenbach gepasst. Reichtümer warf das «Hubertus» zwar keine ab; doch mit den zusätzlichen 10 000 Franken, die der Einarmige Bandit monatlich einspielte, ist die Sache ganz gut ausgegangen.

An ihre erste Erfahrung im Restaurantwesen kann sie sich gar nicht mehr recht erinnern. Das Lokal hieß zwar passend «Chalet Suisse», und das Logo der Speisekarte wurde von einer Kuhglocke geziert, doch die Sache hatte einen interessanten Haken: das Lokal stand in Playa de Aro, an Spaniens Costa Brava.

Fritz und Marianne hatten während ihrer Zeit in Spanien den Auftrag erhalten, für Manfred Zimmermann, einen Spanienschweizer, ein Lokal zu eröffnen, das für die Spanier mindestens so exotisch sein musste wie die erste Sushi-Bar im Emmental. Beide kümmerten sich nicht nur um die Speisekarte, auf der die wichtigsten Schweizer Spezialitäten standen – «Ternera Zurich con Rösti» und «Estufado de ternera con pure de patatas» – «Fondue» –, sondern auch um die

Inneneinrichtung und das Training des Personals: Katalanen und Andalusier mussten den Service in Schweizer Trachten besorgen.

Das Konzept war in Playa de Aro so erfolgreich gewesen, dass die beiden ein zweites «Chalet Suisse» in Barcelona eröffneten.

Dort, vielleicht wegen der weniger frequentierten Lage, vielleicht wegen der politisch schwierigen Zeit – Spanien erholte sich gerade von den Folgen der Franco-Diktatur –, wiederholte sich die Erfolgsgeschichte nicht.

Der «Raben» freilich stellt ganz andere Ansprüche. Er muss als Restaurant geführt werden, für dessen Küchenlinie Marianne Kaltenbach geradesteht. Wer sich in die Rezepte der Schweizer «Gastro-Lady», wie die Presse sie getauft hat, verliebt hat, muss im «Raben» die Gelegenheit bekommen, sie zu ihrem Ursprung zurückzuverfolgen.

Die Kaltenbach unterschreibt einen Mietvertrag über zehn Jahre.

Sie denkt sich folgendes Konzept aus: sie steht dem «Raben» als Patronne vor, entwickelt die Küchenlinie und liefert dem Küchenchef die Rezepte. Damit, denkt sie, besitzt sie die Sicherheit, unabhängig von der Inspiriertheit ihrer Brigade arbeiten zu können.

Den Gedanken, selbst als Küchenchefin zu fungieren, verbietet sie sich: ihre vielfältigen Beschäftigungen lassen ihr nicht genug Zeit.

Denn aus der umgekehrten Perspektive sieht die Sache geradezu dramatisch aus: die in der Agentur äußerst engagierte Chefin, die zwischenzeitlich auch eine Kochschule eröffnet hat, übernimmt noch einen Fulltime-Job. Wie soll das bloß gehen?

Die Kaltenbach stellt einen jungen Küchenchef und eine Servicebrigade, insgesamt 23 Personen, ein. Der Gault Millau Schweiz beschränkt sich in seiner ersten Kritik auf Allgemeinplätze und fällt ein insgesamt recht zurückhaltendes Urteil: «Die Küche hält sich mit neuen Einfällen noch zurück: Größte Aufmerksamkeit gilt den Kochzeiten und den leichten Saucen. Delikate Lachsforellen in Schnittlauchsauce; kleiner Schmortopf von Meeresfrüchten, leicht überbacken; gedämpfte Eglifilets mit Gemüsen; Hasenrücken mit Feigen; Lammrücken mit Orangen. Die Desserts präsentieren sich noch recht uneinheitlich.»

13 von 20 möglichen Punkten, eine Haube.

Die Kaltenbach hat inzwischen allerdings ganz andere Sorgen, als sich zu überlegen, wo die nächste Haube herkommen soll.

Mit der Eigentümerin der Liegenschaft verkehrt sie nur noch per Anwalt.

Und der Küchenchef tut nun gar nicht, was sie von ihm verlangt.

Der Mann ist jung, klein und dünn. Als er die Stelle erhält, schreibt er sich in einem Bodybuilding-Studio ein und beginnt wie ein Wilder zu trainieren.

Einige aus der Küchenbrigade folgen seinem Beispiel. Kaltenbach beobachtet, wie in der Küche, statt dass die volle Konzentration auf den Service gerichtet würde, Ärmel hochgekrempelt und Muskeldefinitionen verglichen werden. Punkt 14 Uhr, wenn der Service zu Ende ist, verschwindet die Mannschaft nahezu geschlossen zum Training in der Kraftkammer.

Als die Kaltenbach eines Morgens ins Restaurant kommt, ist der Küchenchef nicht anwesend. Sie erfährt, dass er zu Hause ist: Nasenbluten.

Sie kündigt dem Mann fristlos und schafft sich damit ein ernstes Problem: wer soll jetzt im «Raben» kochen? Eine Antwort erübrigt sich. Bis sie nach fünf Wochen einen vertrauenswürdigen Kandidaten einstellen kann, steht Marianne Kaltenbach persönlich hinter dem Herd.

Sie lässt nichts unversucht. Zu ihrem «Dîner gastronomique»

Salade «Marianne»
Filets de féra au citron vert
Feuilleté aux asperges
Sorbet au fenouil
Filet de bœuf aux cèpes et au vin rouge, Gratin Dauphinois
Le Tomme chaude
Rêve au Kiwi

– serviert sie auf hübschen Karten auch die dazugehörigen Rezepte.

Sie wirft das Gewicht ihrer eigenen Bekanntheit ins Gefecht, organisiert Kochdemonstrationen, instrumentiert die Verbindungen, über die sie verfügt, positioniert den «Raben» als das erste Haus am Platz, macht sich attraktiv für die große Prominenz.

Fürst Rainier speist «chez Marianne», Herbert von Karajan ist da, Günter Grass schaut vorbei; selbst der notorische Bürgerschreck Niklaus Meienberg gibt der freundlich lächelnden Kaltenbach die Ehre.

Sie nimmt die Pflicht der Patronne, sich persönlich zu zeigen, ernst: Die Kaltenbach ist täglich im «Raben», mittags und abends.

Während sie unter dem Joch der täglichen Pflicht insgeheim stöhnt und trotzdem freundlich lächelt, genießt ihr pensionierter Mann Fritz die neue Spielwiese, die ihm von den Gnaden seiner Frau eröffnet wurde. Täglich spaziert er mit dem Hund in den «Raben» und nimmt seinen Apéritif in der holzvertäfelten Gaststube. Auch sein geliebter Gigondas steht auf der Karte. Die wichtigsten Parameter stimmen. Nur der Gigondas ist etwas avancierter; er stammt aus der bekannten Maison Chapoutier.

Fritz genießt die Tage, Marianne ärgert sich über den Geiz einzelner Repräsentanten der Luzerner Gesellschaft. «Wenn die Herren nach der Arbeit zum Apéritif kommen, nehmen sie immer den billigsten Wein. Dann gehen sie zum Telefon, rufen in einem anderen Restaurant an und bestellen einen Tisch, so dass ich es auf jeden Fall höre. Und sie schämen sich nicht einmal vor mir!»

Natürlich bespielt die Kaltenbach auch den «Raben» mit ihren geschäftlichen Aktivitäten. Die großen Präsentationen, die früher im Belvoir stattgefunden haben, finden jetzt vor allem im «Raben» statt. Presse, Lehrer, Fachpublikum: das Geschäft brummt wie nie zuvor.

Für die Lancierung einer Serie von hochgestochenen Pfannen und Kasserollen arbeitet die Kaltenbach nun mit dem Meister aller Klassen zusammen: Paul Bocuse.

Bocuse ist eine der überragenden gastronomischen Figuren des 20. Jahrhunderts. Er hat als Neunjähriger in der Küche seine Vaters in Lyon zu kochen begonnen und ein internationales gastronomisches Imperium errichtet. Keine Auszeichnung, die er nicht an seine Brust geheftet bekam. Erfinder der Nouvelle Cuisine. Bocuse ist eine Allegorie für das Beste vom Besten.

Als er zu einem privaten Mittagessen ins Belvoir kommt, wünscht er sich freilich «Gerichte, die ich noch nie gegessen habe».

Die Kaltenbach tischt auf:

Früschi Fälche us em Vierwaldstättersee
Äntlebuecher Pilzschnitte
Luzerner Bohne-Ragout mit Rauchwurst
Chäs vo üsne Alpe
Brischtener Birä
Lozärner Kafi
Rosechüechli

Als die Kaltenbach ein Jahr später einen Abend für Paul Bocuse im «Raben» ausrichtet, ist das freilich auch für sie etwas Besonderes. Jetzt begegnet sie Bocuse in dessen Revier; er ist nicht nur ein lieber, sondern auch ein gefährlicher Gast, einer, dessen abschätziges Urteil mühsam errichtete Fundamente zum Einsturz bringen kann.

Die Vorbereitungen laufen auf Hochtouren, als sich etwa eine Stunde vor der Eröffnung des Diners die Küchentür öffnet, die hinaus auf die Straße führt. Ein großgewachsener Mann mit schmalem, charakteristischem Gesicht schlüpft in die Küche. Er steckt die Hände in die Hosentaschen und beobachtet mit gekrümmtem Rücken und schmal geöffneten Augen, welche Handgriffe die Brigade gerade tut.

Als Marianne Kaltenbach bemerkt, wer sich wie ein Lieferant in die Küche geschlichen hat, schluckt sie ihre Nervosität hinunter und begrüßt Paul Bocuse, als wäre er ihr langjähriger Nachbar.

Marianne Kaltenbach und Paul Bocuse, Belvoir, 1979

«Ritterschlag» der Chaîne des Rôtisseurs für Marianne.

ıend, von links nach rechts: Nicolas Conrad, Walter Buff, René Gessler, Christian Roth und
ı Valby, der die Chaîne weltweit mit eiserner Hand führt: «comme une entreprise»

Danke für die Blumen!

Sie zieht ihn in eine stille Ecke, und schon entfaltet sich ein Gespräch wie ein buntes, leichtes Seidentuch.

Renate Matthews, zu dieser Zeit mit Kaltenbachs Sohn Peter Berger verheiratet, beobachtet ihre Schwiegermutter und stellt vor lauter Bewunderung die berechtigte Frage: «Wer von uns hätte in dieser Streßsituation nicht durchgedreht? Aber vielleicht gab es das Wort damals noch nicht. Auf jeden Fall nicht im Wortschatz von Marianne.»

Bocuse, der Feingeist, zeigt sich durchaus zufrieden mit dem Abend.

Nach dem Essen fragt er die Kaltenbach heimlich nach der Rauchwurst, die ihm beim letzten Mal so geschmeckt hat.

Einzelne Höhepunkte und großartige Abende im «Raben» können nicht darüber hinwegtäuschen, dass das Restaurant eine große Problemzone ist. Selbst die Kaltenbach, die zeit ihres Lebens ein Gegengift zum allgemeinen Jammern ist, muss sich eingestehen, dass es vielleicht ein Fehler war, langfristig in das Projekt einzusteigen.

Das Personal kann das Niveau nicht halten, das sie sich selbst und dem Restaurant schuldet. Sobald ein Küchenchef und eine Brigade in der Lage sind, so zu kochen, dass die Kaltenbach sich für einen Augenblick setzen und zurücklehnen kann, bricht das Kartenhaus auch schon wieder zusammen. Der Koch wechselt in ein anderes Restaurant oder macht sich selbständig. Der nächste muss nun bei Null beginnen, und mit ihm die Kaltenbach.

Die Umsätze des «Raben» sind in Ordnung. Reichtümer wirft das Lokal freilich keine ab; es ist eher umgekehrt: die Kaltenbach muss die Qualität ihres Restaurants querfinanzieren.

Der Grund, warum sie nicht viel früher die Reißleine zieht, heißt Fritz. Mariannes Mann, inzwischen gesundheitlich schwer angeschlagen, hat im «Raben» seine letzte Heimat gefunden. Täglich kann er mit seiner Frau zu Mittag essen; in der Gaststube sammeln sich Freunde und Bekannte, die einander die Welt erklären können.

1989 stirbt Fritz Kaltenbach, 75-jährig.

1990 schließt Marianne Kaltenbach den «Raben» und verkauft dessen Inventar. Das Lokal geht zurück an die Hausbesitzerin, die nach Jahren der Scharmützel ihre Freundschaft zu Marianne entdeckt und «plötzlich süß wie Honig» zu ihr ist: sie schätzt in der Kaltenbach ganz offensichtlich die Pächterin, die ihre Miete pünktlich bezahlt.

Ihre Sorgen sind übrigens berechtigt, wie das Beispiel des Nachmieters zeigt: er geht schnurstracks in Konkurs.

Erst das französische Bistro, das später im «Haus zum Raben» eröffnet, hat Erfolg, und die Kaltenbach kann sich bestätigt fühlen. Ein französisches Bistro wäre das einzige Konzept gewesen, das sie nach dem Tod von Fritz noch interessiert hätte.

Doch sie ist ehrlich froh, dass sie es nicht mehr selbst umsetzen muss.

Die späten Jahre

Zuerst ist nur der Schmerz da, doch er hat auch eine Rückseite. Der Verlust ihres Mannes bringt die Architektur des lang so routiniert gelebten Lebens der Kaltenbach zum Einsturz. Sie sieht keinen Sinn darin, den «Raben» weiterzuführen, wenn im Schankraum nicht der Fritz sitzt und sich noch ein Glas einschenken lässt.

Aber auch die Kärrnerarbeit in der CULINAS kommt ihr mit einem Mal als Belastung vor. Dabei ist sie nicht müde: aber hinter dem Vorhang der Trauer zeigen sich schon die Umrisse eines Lebens, dem die Fußfesseln der permanenten Verantwortlichkeit fehlen werden. Die Idee einer neuen, späten Freiheit gewinnt Gestalt. Die Kaltenbach nimmt das Motiv respektvoll, aber nicht zögernd auf.

Sie reduziert ihr Engagement für die Agentur. Während ihr Sohn mit der 1980 von der CULINAS abgetrennten Werbeagentur Peter Berger BSW in Zürich erfolgreich ist, setzt die Kaltenbach neue Schwerpunkte: sie tut, was ihr in den letzten Jahren zunehmend gefehlt hat: sie reist.

Sie lernt Jean-Noël Béard kennen, dem in Montreux eine Besteckfabrik gehört. Béard ist ein eleganter, ein beeindruckender Mann. Er ist schlank, wortgewandt, charmant – und er spricht Französisch. Die Kaltenbach ist begeistert von der Möglichkeit, wieder in das kulturelle Kraftfeld ihrer Kindheit und Jugend einzutauchen.

Darüber hinaus hat Béard natürlich auch einiges zu bieten. Seine Ferien verbringt er unweit von St-Tropez in einem Appartement mit Blick auf die am Quai liegende Jacht. Er steuert einen schnellen MERCEDES und beschäftigt einen Privatsekretär. Einer seiner Wahlsprüche lautet: «Wenn die Franzosen mich auf der Autobahn mit dem Radar erwischen, so ist es zwar verdient, hat sich aber wenigstens gelohnt.»

Wenig später erwirbt Béard nach langen, zähen Verhandlungen sogar eine herrschaftliche Villa in Ramatuelle. Der berühmte Tahiti-Beach von St-Tropez befindet sich in Sichtweite. Einer der Nachbarn ist Gunter Sachs.

Die Kaltenbach kauft sich in Grimaud ein rustikales Reihenhaus. Sie genießt es, mit Jean-Noël zu prominent besetzten Diners zu gehen und sich durch die High Society von

St-Tropez durchreichen zu lassen. Sie liebt es, mit ihm allein interessante Restaurants an der Côte d'Azur auszuprobieren.

Grimaud wird ihr zum herzensmäßigen Fluchtpunkt. Sie verbringt immer mehr Zeit in Südfrankreich. Im Hotel «Château de Montcaud» in Bagnols-sur-Cèze in der Provence gibt sie einmal pro Jahr Kochkurse. Ohne viel darüber zu reden, wird sie Aktionärin des Betriebs, geleitet von Rudy Baur, einem früheren Direktionsmitglied von MÖVENPICK.

Der Zeitpunkt ist gekommen, die radikale Veränderung ihres Lebens amtlich zu machen. Die Kaltenbach verkauft die CULINAS AG an ihren alten Freund Fred Feldpausch. Die Firma geht nach Basel; die Lebenspartnerin von Feldpausch führt die CULINAS noch einige Zeit weiter.

Im Belvoir ist plötzlich viel Platz; die Kaltenbach räumt das Erdgeschoss und richtet sich im ersten Stock ein.

Noch mehr Platz als in dem großen Haus ist in ihrem Kalender. Sie füllt die Lücken mit ausführlichen Reisen. Mit Fred Feldpausch fliegt sie nach New York, mit dem Luzerner Tourismusbeauftragten Kurt H. Illi nach Japan und Korea.

Sie instrumentiert Luzerner PR-Offensiven in Hongkong. Wenn die bärtigen Herrschaften mit ihren Alphörnern und Schwyzerörgeli das Feld geräumt haben, ist die Kaltenbach an der Reihe und befehligt mit ihrem berühmten Lächeln die Brigade des «Regal Meridien»-Hotels, die gewohnt ist, alles mögliche zu kochen, nur keine Käseschnitten. Sie kennt keine Nachsicht. Wenn in Hongkong «Swiss Weeks» angesagt sind, dann bitte richtig. Nicht nur einmal kollidiert ihr Perfektionismus mit der Improvisationsfreudigkeit ihrer Mitarbeiter – und man kann sich lebhaft vorstellen, wie lebhaft die Diskussion wurde, als die echte und einzige Chügelipaschtete fabriziert werden musste – im Wok.

Marianne Kaltenbach, Tokio, Mitte der neunziger Jahre

Autorin Kaltenbach im Belvoir, 1994

Die Kaltenbach, der Aufmerksamkeit nie unangenehm war, genießt auch das exotische Interesse, das sie mit ihrer charmant-ironischen, aber in der Sache unerbittlich genauen Art befeuert. Sie ist ein gefragter Studiogast in Fernsehsendungen, und sie macht in jeder Sprache, die gefragt ist, eine souveräne Figur.

Die von Kurt H. Illi schlau inszenierten Werbeauftritte haben das Ziel, das asiatische Schweizbild auf Kapellbrücke und Pilatus zuzuspitzen, vielleicht auch auf Chügelipastete. Wer in die Schweiz reist, muss Luzern meinen.

Die Kaltenbach hat damit kein Problem. Sie absolviert ihren Job so professionell wie während der vorhergegangenen 25 Jahre. Doch sie sucht Lücken im Zeitplan. Spaziert über die Märkte, steckt ihre Nase in Garküchen, lässt sich einweihen in die Basics des einfachen, würzigen Kochens der Japaner, Koreaner, Vietnamesen.

Sie ist von den fremden, kräftigen Eindrücken überwältigt. Die reichhaltige asiatische Küche zieht sie in ihren Bann. Sie nimmt sich vor, unverzüglich ein entsprechendes Kochbuch zu schreiben.

Nach Absolvierung der professionellen Ochsentouren reist sie weiter nach Grimaud. Hier kann sie am besten ausspannen. Sie trifft Jean-Noël. Sie schreibt Artikel für das Gastronomiemagazin PLAISIRS und tüftelt ohne großen Zeitdruck an ihren anderen Projekten herum.

Es sieht so aus, als wäre die Zeit für Marianne Kaltenbach gekommen, in der sie die Früchte eines arbeitsreichen Lebens ernten kann.

Da erkrankt Jean-Noël Béard an Krebs. Ein Jahr später stirbt er in Montreux.

Die Kaltenbach ist vor den Kopf gestoßen. Sie wankt, aber sie fällt nicht.

Einmal mehr nimmt sie ihr Schicksal selbst in die Hand und lässt sich nicht hängen. Sie ist auch jetzt, fast achtzig Jahre alt, in der Lage, neue Energiereserven zu mobilisieren.

Sie ist ein Phänomen, wie François Rothen, ihr Cousin, es ganz richtig ausdrückt: «Ich habe nicht die geringste Ahnung, woher diese Frau ihre Kraft bezieht.»

Marianne Kaltenbach behält das Haus in Südfrankreich, aber der Süden hat seine süße Stimme verloren. Ihre Kochkurse im «Château de Montcaud» führt sie zwar nach wie vor durch, aber zu Hause tritt sie leiser. Sie verkauft das Belvoir und behält nur die Wohnung im ersten Stock, die sie von den neuen Besitzern zurückmietet.

Mit ihrem Sohn besucht sie regelmäßig neue Restaurants; sie testet weiterhin für Gault Millau. Ihr Gesellschaftsleben ist noch immer reichhaltig. Allein die Verpflichtungen, denen sie nachkommen muss, um Auszeichnungen zu vergeben oder entgegenzunehmen, um an Generalversammlungen oder Anlässen der Clubs und Verbände teilzunehmen, denen sie angehört, füllen jeden Kalender bis zum Bersten.

Die Kaltenbach ist kulinarische Beraterin und Présidente du Comité professionnel der «Chaîne des Rôtisseurs». Sie gehört der Küchenchef-Organisation «Disciples d'Auguste Escoffier» an und der «Association Suisse des Journalistes et des Ecrivains du Tourisme» (ASSET). Sie ist Mitglied der «Académie Suisse des Gastronomes» und Officier des «Club Prosper Montagné». Der FIPREGA («Fédération Internationale de la Presse Gastronomique») steht sie als Vizepräsidentin vor. Sie diniert im Rittersaal des Schlosses Chillon in Montreux als *dame de cœur* der «Confrérie du Guillon».

Schleichend ist sie in den Rang einer Legende aufgestiegen. Von den Haushaltsseiten des ILLUSTRIERTEN FAMILIEN-

FREUNDS hat sie, indem sie nichts tat, als ihren eigenen Horizont zu erweitern, um das, was sie tat, besser zu machen, den Aufstieg zu einer kulturellen Instanz geschafft.

Ganz korrekt ist diese Analyse natürlich nicht. Denn die Leistung der Kaltenbach war viel spektakulärer: sie hat ihr kulturelles Umfeld so nachhaltig verändert, dass dieses plötzlich in der Lage ist, zu begreifen, welch zentrale Rolle die Kaltenbach für diese Veränderung gespielt hat.

Im Jahr 2000 erhält sie den «Kunst- und Kulturpreis der Stadt Luzern». Diese Auszeichnung ist nicht deswegen so bemerkenswert, weil sie die gastronomischen Qualitäten der Kaltenbach ehrt; das haben unzählige gastronomische und gastrosophische Institutionen schon längst erledigt. Das Außergewöhnliche an der Auszeichnung ist die Erkenntnis, dass die Kaltenbach mit ihrer konservatorischen Ader und dem unverstellten Blick für kulturelle Zusammenhänge ein Stück Kulturgeschichte geschrieben hat.

Trotzdem gibt es mieselsüchtige Einwände. Warum soll ausgerechnet eine Köchin diesen renommierten Preis abräumen? Gibt es denn nicht genug Dichter, Bildhauer, Panflötenspieler?

Die Kaltenbach reagiert mit der ihr angeborenen Souveränität: Für die Festschrift liefert sie nicht irgendwelches tiefsinnige Blabla ab, sondern das Rezept für den:

«BOLLITO MISTO MARIANNE»

2½ l Wasser leicht salzen und aufkochen. Wichtig ist, dass die verschiedenen Fleischstücke richtig, das heißt nicht zu weich gekocht werden. Folgende Reihenfolge muss eingehalten werden: Zuerst Rindfleisch, etwas später das Kalbfleisch,

das Gemüse, Suppenknochen und Ochsenschwanz zufügen. — Die Rindsmarkknochen erst 5 Minuten vor dem Anrichten zur Brühe geben. Sie sollen nicht kochen, sondern nur kurz garen. — Die Rindszunge braucht 2½–3 Stunden Kochzeit und wird separat gekocht. — Nach zwei Stunden aus dem Sud nehmen und schälen. — Die Würste und Kalbskopf werden ebenfalls separat gekocht (etwa 1 Stunde). — Das Fleisch auf Holzbrettern anrichten, eventuell in Form eines Buffets.
Marianne: Ich koche auch die Würste getrennt, damit die Bouillon keinen Wurstgeschmack annimmt und durch das auslaufende Wurstfett nicht zu üppig wird. Wichtig ist beim Anrichten, dass alles schön warm bleibt. Fleisch, das bereits weich gekocht ist, kann man in Fleischbrühe aufbewahren und kurz vor Gebrauch erwärmen. Ich lege das Fleisch bis zum Nachservice jeweils in große Kupfertöpfe, die etwas Fleischbrühe enthalten, und stelle sie auf Wärmeplatten. — Die Brühe im Voraus servieren.
Beilagen: Salsa verde, Bagnetto verde, Bagnetto rosso, Salsa peverada, Peperonie sott'aceto, Cipolline sott'olio oder Cipolline delicate.
Wein: Barbera

Auf einer ihrer Reisen lernt die Kaltenbach Robert Hutchison kennen, einen Reiseschriftsteller, der mit realistischen Spannungsromanen durchaus erfolgreich gewesen ist.

In «Die heilige Mafia des Papstes» thematisiert er den wachsenden Einfluss des Opus Dei auf den Vatikan. Mit der Kaltenbach reist er nach Nordafrika und Sri Lanka.

Der Sojasaucenhersteller KIKKOMAN lädt die Kaltenbach, die ein PR-Mandat besitzt, und Peter Berger, der die Anzeigenwerbung besorgt, nach Japan ein.

Mutter und Sohn reisen gemeinsam nach Übersee, nach Barcelona, nach Deutschland.

Und noch immer ist sie die Ansprechperson, wenn Fragen der nationalen Repräsentation kulinarisch beantwortet werden sollen. Zum Beispiel braucht der Schweizer Gesandte in Deutschland, Dr. Werner Baumann, ein Rezept für zehntausend Portionen «Älplermagronen». Er will den 1. August 2005 in Berlin nicht allein feiern.

Da er gleichzeitig nicht weiß, wie so viele Magronen warm gemacht werden können, sucht er nach einem Gericht, das in Stil und Charakteristik, Deftigkeit und eidgenössischer DNA so typisch wie Älplermagronen daherkommt, aber ... kalt.

Die Frage trifft mit Diplomatenpost in St. Niklausen ein: «Frau Kaltenbach, können Sie uns bitte einen Nudelsalat machen?»

Frau Kaltenbach sagt Ach und Weh, dann sagt sie Ja. Telefoniert mit der Pastafabrik RÖTHLIN in Kerns, denn nur die Pasta von RÖTHLIN liefert die Grundlage für vernünftige Älplermagronen, und wenn schon Nudelsalat, dann wenigstens mit der richtigen Pasta. Sie stellt sich in ihre auf Normalformat geschrumpfte Küche in St. Niklausen und bastelt an der Sauce.

Viel Senf, Apfelessig, Rapsöl. Mit diesem Skelett einer Sauce rührt Frau Kaltenbach den ersten Versuch ihres Salats an. Zu blass. Cervelatwürfel dazu, ein wenig besser. Grüne Erbsen, warum nicht, und gesechstelte Minitomaten. Kleine Würfel Sbrinz. Langsam kriegt die Sache ein Gesicht. Außerdem fällt Frau Kaltenbach der 1.-August-kompatible Name des neuen Gerichts ein: «Älplersalat» – auch wenn noch kein Älpler jemals davon gekostet hat. Gutes Marketing, das weiß Frau Kaltenbach auch nachts um drei, muss notfalls an den Haaren herbeigezogen werden.

Schließlich schickt sie folgendes Rezept – hier in seiner aliquoten Portionierung für vier Personen – nach Berlin (für 10 000 Portionen bloß jede Einheit mal 2500 rechnen):

«ÄLPLERSALAT»

- 200 g Original Älplermagronen von Kernser Pasta
- 1 große, feingehackte Zwiebel
- 1 durchgepresste Knoblauchzehe
- 2 EL Rapsöl
- 1 TL scharfer Senf
- 2 EL Apfel- oder Weißweinessig
- 30 g sehr dünn geschnittenen Frühstückspeck, in Streifen geschnitten, und/oder Cervelat, sehr klein gewürfelt
- 30 g Sbrinz, sehr klein gewürfelt
- 4 Cherrytomaten, geviertelt
- 30 g grüne Erbsen (tiefgekühlt)
- Salz, schwarzer Pfeffer

Die Teigwaren al dente kochen, abgießen und kalt abspülen. — Aus Zwiebel, Rapsöl, Senf und Essig eine Salatsauce zubereiten. Mit Salz und Pfeffer abschmecken. — Die erkalteten Magronen damit gut mischen. Die Speckstreifchen und den Sbrinz darunter ziehen. — Die Erbsen kurz in kochendes Wasser geben, abgießen und nach Erkalten mit dem Salat mischen. — Den Salat mit den Tomatenvierteln garnieren. Nochmals nach Bedarf salzen und pfeffern. Den Salat eventuell mit etwas Cayennepfeffer noch etwas pikanter würzen und unmittelbar vor dem Servieren mit gehackten Kräutern bestreuen. En Guete!

Zur Sicherheit reist die Kaltenbach ihrem Rezept hinterher. Sie hindert die Köche, die den Salat in Berlin anmachen sollen, fauchend daran, Emmentaler statt Sbrinz zu nehmen. «Können Sie sich das vorstellen? Emmentaler! Statt Sbrinz!»

Die zehntausend Berliner Gäste der Schweizer Botschaft stärken sich mit einem «Älplersalat», den sie, ohne jeden Funken Misstrauens, für einen Schweizer Klassiker halten, und vielleicht ist er das ja auch.

Die Kaltenbach ist übrigens sehr zufrieden mit dem Ergebnis der 1.-August-Feier. Keine Ahnung, was nachher passiert ist, aber der «Älplersalat» ist schneller aufgegessen als eine Kuh von einem Schwarm Piranhas.

Vielleicht muss man die Zutaten doch eher mit dem Faktor 3000 multiplizieren. Man weiß ja nie.

Wenn sie von St. Niklausen nach Luzern muss, um im Galliker kleine Geschäfte zu besprechen oder einer privaten Einladung zu folgen, nimmt die Kaltenbach stets ihren schwarzen BMW. Das Auto ist ihr Freund. Sie hat vielleicht nicht denselben Schwung bei der Anschaffung eleganter Limousinen wie ihr verstorbener Mann, doch auch die Liste der Extras, die sie von der BMW-Garage für ihr Damenfahrzeug verlangte, ist lang.

Eines Tages touchiert die Kaltenbach beim Wegfahren die Mauer des Nachbarhauses und zerstört ihr Auto. Sie übersteht den Unfall unverletzt, aber für eine Frau, die ein Leben lang an ihre Bewegungsfreiheit gewöhnt war, ist es schwer, plötzlich zu Hause festzusitzen.

Der Unfall setzt ihr zu; für einmal scheint ihre Psyche angeknackst zu sein.

Außerdem hustet die Frau, hustet, wie in Hollywood-Filmen gehustet wird, wenn die Geschichte nicht gut ausgehen wird.

Bald wird sich herausstellen, dass der Husten das Resultat eines aggressiven Lymphdrüsenkrebses ist, der Marianne Kaltenbach die Stimme raubt – und den Atem.

Sie selbst redet sich ein, dass sie an einer verschleppten Bronchitis leidet. Erst als der Husten gar so stark wird und die Stimme nicht zurückkehren will, geht sie ins Spital, wo sie rasch die bittere Diagnose erhält.

Sie willigt in die vorgeschlagene Therapie ein. Auf dem Krankenbett sortiert sie BMW-Prospekte, um sich für die Zeit nach der Genesung ein Auto auszusuchen.

Marianne Kaltenbach stirbt am Morgen des 15. Oktober 2005. Es entspricht dem Leben dieser außergewöhnlichen Frau, dass es am Schluss schnell geht, dass keine Zeit mehr ist zum Leiden und für einen langsamen Abschied.

Für die Selbstauflösung hat sie nie ein Herz gehabt.

Leandra Graf

Die Küche der Kaltenbach

Wie eine Köchin die Essgewohnheiten ihrer Zeit veränderte. Eine Rekonstruktion

Vor dem Krieg: Die Suppenrevolution

Und abends immer dieser Milchkaffee! Noch Jahrzehnte später schüttelte es Marianne Kaltenbach beim Gedanken an den typischen Deutschschweizer Znacht. Ungewollte Ironie, dass dieser den französischen Ausdruck Café complet trug. Mit 20 Jahren wurde Marianne erstmals mit dem kalten Abendmahl konfrontiert, das in der Regel aus Brot, Butter, Käse und Confi bestand, vielleicht einem Birchermüesli. Alles wurde heruntergespült mit gefärbter Milch aus riesigen Chacheli-Tassen. Sogar warme Mahlzeiten wie Rösti oder Gschwellti. Für die Kartoffeln in Schale mit Käse konnte sich Marianne Kaltenbach später durchaus erwärmen, sofern sie von einem Glas Rotwein begleitet waren. Doch 1941 war sie noch nicht «die Kaltenbach», sondern die frisch verheiratete Marianne Berger, geborene Rothen. Damals konnte sie noch nicht kochen, denn die Küche im gutbürgerlichen Haushalt ihrer Großmutter in Lausanne war dem Personal vorbehalten und für die Enkelin des Hauses tabu. Doch lernte sie beizeiten, was feines Essen ist. Obwohl in Zürich geboren und als Kind zwischen Welsch- und Deutschschweiz gependelt, erlitt sie deshalb einen kulinarischen Schock, als sie ihrem ersten Ehemann Ruedi Berger in die Innerschweiz folgte und von der Schwiegermutter in bester Absicht rustikale Gerichte wie Hörnli mit Gehacktem, womöglich zusammen mit Apfelmus auf dem Teller, vorgesetzt bekam.

Die Gründe für die verschiedenartige Esskultur lagen nicht in erster Linie am Röstigraben, der nie wirklich existierte, sondern in den Klassenunterschieden. Mit gebratenen Kartoffeln ernährte man sich im ganzen Land. Der bäuerliche Ursprung der Nahrungsmittel prägte die Essgewohnheiten in den welschen Kantonen ebenso wie in allen andern

Regionen. Umgekehrt drang der Einfluss der französischen Küche bis in die gehobenen Kreise der Deutschschweiz vor. Wie ein Blick ins Fülscher-Kochbuch belegt, wusste man auch dort gepflegt zu speisen. Elisabeth Fülscher betrieb die erste private Kochschule der Schweiz, und ihre Küchenbibel enthielt alles, was höhere Töchter übers Kochen wissen mussten. Was jedoch 1941 auf die Tische der meisten Familien kam, war geprägt durch den Zweiten Weltkrieg, dessen Auswirkungen auch die neutrale Schweiz trafen. Da sich damals die wenigsten Leute echten Kaffee leisten konnten, bestand das Gebräu namens Milchkaffee oft aus einem Schwachstrom-Ersatz aus gerösteter Zichorie, bekannt als «Franck Aroma». Derselbe Basler Hersteller – THOMI + FRANCK – erfand übrigens 1930 den Senf in der Tube, und aus dem Franck Aroma entstand 1957 Incarom, ein wasserlösliches Pulver aus Kaffee und Zichorie. Die Firma wurde 1971 von NESTLÉ geschluckt, der ihrerseits 1938 mit Nescafé, dem ersten Instant-Kaffee, die wichtigste Innovation ihrer Geschichte gelang.

In der ersten Hälfte des letzten Jahrhunderts stand das aufwendig zubereitete Mittagessen im Zentrum jeglichen Kochens und Essens. Und es begann stets mit einer Suppe. Auch im Hause Rothen in Lausanne, wie sich Marianne Kaltenbachs jüngerer Cousin François Rothen erinnert und dabei heute noch das Gesicht verzieht: «Bevor der Sonntagsbraten aufgetragen wurde, gab's zuerst Brühe, später noch Spinat.» Auf die Bedeutung des Mittagessens samt Suppe verweist ein Rezeptbuch aus den zwanziger Jahren anschaulich. «200 Mittagessen», verfasst und im Selbstverlag herausgegeben von «Frau F. Nietlispach». Die Oltener Hausfrau präsentiert farbige Abbildungen von 66 Essen, 12 Vorspeisen und 12 Dessertplatten. Das Buch ist auch ein «Ratgeber in richtiger Ernährung sowie andern praktischen Fragen». Unter dem Titel

«Billiger und besser kochen!» spricht die Autorin von Frau zu Frau: «Ein gutes, richtig zusammengestelltes Mittagessen – und Du beglückst die Deinen. Begreiflich, denn von der richtigen Ernährung hängt nicht nur das körperliche, sondern oft genug auch das geistige Wohlbefinden ab. Die richtige Zusammenstellung von einzelnen Speisen zu Mittagessen ist nicht immer so leicht und bereitet oft Schwierigkeiten. Das Mittagessen, unsere Hauptmahlzeit, sei vor allem nahrhaft, zuträglich und biete stets Abwechslung. Man vermeide möglichst gleichartige Gerichte. Wenn z.B. im Menü Bohnen als Hauptgericht sind, so soll man keine Bohnensuppe vorangehen lassen...» Zu den abgebildeten Gerichten, liebevoll inszeniert und appetitlich auf riesigen Platten angerichtet, schlägt Frau Nietlispach jeweils vier Menü-Varianten vor. Zum Beispiel: Bürgerlich – Markklößchensuppe, Kalbsbraten, Rosenkohl, gebratene Kartoffeln. Einfach – Suppe, Rindsbraten, Salzkartoffeln, Salat. Für größere Ansprüche – Kleines Hors-d'œuvre, Suppe, Kalbsbraten, Kartoffeln, Rosenkohl, Tomatensalat, Süßspeise. Fleischlos (vegetarisch) – Suppe, Kartoffelauflauf, Rosenkohl, Grießköpfchen mit Obst. Flankierend erteilt sie stets «Gesundheitliche Winke». Anstelle von Süßspeisenrezepten empfiehlt sie frisches Obst, «zur Entlastung der Hausfrau und in Hinsicht einer gesunden Ernährung. Früchte sind allen so zuträglich, ganz besonders roh.» Und: «Beim Betrachten der Menüs mit Fleisch erinnert man sich immer wieder, dass diese vielfach mit Mittagessen ohne Fleisch abwechseln sollen.»

Wie weitsichtig! Doch die Frage «Fleisch oder nicht?» stellte sich weiten Bevölkerungskreisen nicht. Da herrschte kein Bedarf an Kochbüchern. Dafür hätte sich auch gar kein Platz gefunden in den engen Küchen, in denen die Familien eigentlich lebten, da der Kochherd in der Regel die einzige

Wärmequelle der Behausung war. Die aufkommende Arbeiterschicht, in den zahlreichen neu gegründeten Fabriken am Fließband beschäftigt, hatte mit Mangelernährung und Alkoholismus zu kämpfen. Schnaps diente als Aufputschmittel, das auch die Hungergefühle betäubte. Prekäre Zustände, die unterschiedliche Gesundheitsbewegungen auslösten.

Um dem Volk günstige Gemüsemahlzeiten schmackhaft zu machen, gründete der bayerische Schneidergeselle Ambrosius Hiltl 1898 in Zürich das «Vegetarierheim und Abstinenz-Café». Dank den Fähigkeiten der Köchin Martha Gneupel, der nachmaligen Frau Hiltl, erwuchs aus dem belächelten «Wurzelbunker» eine Institution. Das erste vegetarische und alkoholfreie Restaurant der Schweiz wird heute von Ururenkel Rolf Hiltl geführt, der das völlig renovierte Stammhaus 2007 als zeitgemäßen Gastronomiebetrieb mit Bar und Club wieder eröffnete. Das Konzept erweist sich als äußerst erfolgreich. Als Teilzeit-Vegetarier können die Gäste gut mal auf Fleisch verzichten, jedoch nicht unbedingt auf ein Glas Wein zum reich bestückten Gemüsebuffet.

Ein Jahr vor der Gründung des Restaurants Hiltl erfand der Zürcher Arzt Maximilian Oskar Bircher-Benner die Apfeldiätspeise, die später unter dem Namen Birchermüesli berühmt wurde. Er setzte die Rohkostdiät erfolgreich bei der Behandlung diverser Krankheiten ein. Rohe und pflanzliche Nahrung waren für ihn wertvoller als gekochte Speisen und Fleisch.

Bedenklich fand Bircher-Benner auch den Konsum von Konserven und behandelten Lebensmitteln. Eine vertrackte Sache, sollten doch die Errungenschaften von Pionieren wie MAGGI und KNORR den Hausfrauen das Leben erleichtern, da immer mehr von ihnen ebenfalls in den Fabriken zur Arbeit gingen. Diesen Frauen blieb weder Zeit noch Kraft für die aufwendige Beschaffung und Zubereitung einer warmen Mahlzeit. Die Unternehmer ihrerseits waren daran interessiert, ihren Arbeitskräften die tägliche Suppe zu gewährleisten. Dies gelang Julius Maggi in Kemptthal bei Winterthur bereits 1886 mit der Erfindung der ersten Beutelsuppe. Um sie unter die Leute zu bringen, gründete er auch gleich eine eigene «Reclame- und Presse-Abteilung». Werbesprüche wie «Die Poesie ist die Würze des Lebens, der Witz die Würze der Unterhaltung, wie MAGGI's Suppen- und Speisewürze diejenige eines jeden guten Mittagstisches» entstanden unter der Leitung von Frank Wedekind, der später als Dramatiker Bekanntheit erlangte. Eine Zeit des Aufbruchs, in der bereits vorgezeichnet war, was die künftige industrielle Entwicklung noch bringen sollte.

1907 landete die Suppenfabrik KNORR im schaffhausischen Thayngen mit der Suppenwurst ihren ersten Hit. Sie enthielt alles, was es etwa für eine Erbsensuppe mit Speck brauchte. Bloß das heiße Wasser musste noch hinzugefügt werden. Ein Vorläufer des Bouillonwürfels, der 1912 auf den Markt kam. Revolutionäre Erfindungen, denen 1953 die Streuwürze Aromat und 1960 Stocki, der Fertig-Kartoffelstock, folgten. Marksteine im schweizerischen Alltag und in der 100-jährigen Erfolgsgeschichte der Firma KNORR, die seit 2000 zum multinationalen UNILEVER-Konzern gehört. Konkurrent MAGGI war auch da einen Schritt voraus. Der Erfinder der braunen Suppen- und Salatwürze in der Flasche fusionierte bereits 1947 mit der einstigen Schokoladefabrik und dem heutigen Lebensmittel-Weltkonzern NESTLÉ mit Hauptsitz im waadtländischen Vevey. Dessen bekanntestes Produkt dürfte derzeit die Nespresso-Kaffeekapsel sein.

Mit Kaffee, der bis zu 40 Prozent günstiger war als bei der Konkurrenz, begann auch eine weitere erfolgreiche Firmengründung der Schweiz. 1925 umkurvte der Importeur Gottlieb Duttweiler den Zwischenhandel mit fünf Lastwagen und bediente seine Kundschaft direkt. Nebst Kaffee brachte er den Hausfrauen im Raum Zürich Reis, Zucker, Teigwaren, Kokosfett und Seife an die Haustür und legte damit den Grundstein der MIGROS, des heute größten Detailhändlers des Landes. Nach einem Jahr erfolgte bereits die erste Ladeneröffnung und bald darauf der erste eigene Fabrikationsbetrieb, eine Süßmostpresse. Alkohol durfte die MIGROS nach dem ausdrücklichen Willen ihres Gründers nicht verkaufen. Daran haben sich die heutigen Manager des MIGROS-GENOSSENSCHAFTS-BUNDES nach wie vor zu halten. Sie können sich trösten mit Rekordumsätzen bei Getränken wie Eistee, den die MIGROS 1984 erstmals und als europäische Neuheit im Tetrapack anbietet. Der damalige Food-Chef Willy Burth sprach von der erfolgreichsten Produkteeinführung seiner Karriere, an die er selbst nicht mal geglaubt hatte. Denn warum sollten die Leute Geld ausgeben für etwas, das so einfach selbst herzustellen ist wie kalter Tee?

Auch wenn Marianne Kaltenbach das Glück hatte, in relativem Wohlstand aufzuwachsen – die Lebensmittelrationierung in den Kriegsjahren 1939 bis 1945 hat sie ebenso geprägt wie die ganze Generation. Ihrem 1944 geborenen Sohn Peter brachte sie Respekt vor dem Nahrungsmittel bei. Es sei nichts weggeworfen worden, berichtet er. Resten habe die Mutter kreativ verwertet, Gemüse und Früchte aus dem Garten gedörrt oder eingemacht.

Nach Kriegsende im Jahre 1945 ging es wirtschaftlich langsam wieder aufwärts im Land. Beim Essen herrschte Nachholbedarf. Es musste Fleisch auf den Tisch, und von Kalorienzählen hat damals kaum jemand etwas gehört. Marianne hatte inzwischen Gefallen am Kochen und vor allem an der unkomplizierten Gästebewirtung gefunden. Ihrem Sohn sind die fröhlichen Feiern im Luzerner Heim in guter Erinnerung: «Nach Premieren im Stadttheater kam es nicht selten vor, dass meine Eltern mit ihnen befreundete Schauspieler und einen Schwall weiterer Bekannter aus der Kunstszene zum spontanen Mahl mit nach Hause brachten.» Nonchalant zauberte Marianne für ihre Gäste ein feines Mahl aus dem Vorratsschrank. Peter mochte es, wenn die Eltern ausgingen. Dann durfte er Dosenravioli oder Hörnli mit gedämpften «Pflotschtomaten» essen.

Nach 1945: MIGROS und MÖVENPICK – Dosenfrüchte und Lachs für alle

Auswärts zu essen war eine Neuheit für viele Schweizer und wurde in den Städten mit den sich verändernden Arbeitsgewohnheiten immer mehr zur Notwendigkeit. In den kurzen Mittagspausen suchten die Büroangestellten meist eines der vielen alkoholfreien Tea-Rooms auf, eine Art erweiterte Konditorei, in der sie sich mit einem kleinen Imbiss verpflegten. Ein innovativer Gastronom erkannte die Zeichen der Zeit: 1948 eröffnete der damals 32-jährige Ueli Prager mit dem Zürcher «Claridenhof» sein erstes MÖVENPICK-Restaurant. Seine Idee: erstklassige Delikatessen und Getränke in kleineren Quantitäten zu guten Preisen allen Leuten zugänglich zu machen. Mit unkomplizierter Bedienung in ungezwungener Atmosphäre. Er führte den Tellerservice und die erste Ess-Bar in Europa ein. Die Speisekarten in farbenfroher Aufmachung verführten mit ungewohnten A-la-carte-Gerichten. Darunter fremdländische Köstlichkeiten, Lachs und Meeresfrüchte in frischer Qualität. Produkte, die im Binnenland Schweiz bis dato Luxus-Charakter hatten und nun plötzlich für jedermann erschwinglich waren. Und zu denen man sich als weitere Premiere hierzulande ein Glas Wein aus einer guten Flasche ausschenken lassen konnte. Dazu kamen Großzügigkeit im Servieren von Beilagen, Zucker à discrétion auf den Tischen sowie der «Verkauf über die Gasse». Im Laufe der fünfziger Jahre entstanden MÖVENPICKS quer durch die Schweiz. Eines der ersten befand sich in Luzern, und natürlich gehörte die Clique von Marianne und Ruedi Berger zu den Gästen. Damals fand die erste Begegnung Mariannes mit Ueli Prager statt, als sie bei einer Foto-Session für Werbezwecke als Statistin mitwirkte. Der MÖVENPICK-Erfolg gipfelte darin, die besten Produkte im Sortiment, wie Lachs, Glace, Kaffee, in Eigenregie herzustellen – auf dass sie in jedem Betrieb zu jeder Zeit in der bekannten Qualität verfügbar waren. Der Rest ist Schweizer Gastronomiegeschichte: Es kamen Hotels dazu, Schnellrestaurants wie die «Silberkugel» mit dem berühmten Beefy, einem Hamburger, der so viel besser schmeckte als das amerikanische Vorbild, Autobahnraststätten. Expansion ins Ausland, schließlich der Verkauf an den deutschen Aktionär August von Finck, der einzelne Bereiche schrittweise veräußerte. Selbst wenn MÖVENPICKS Glanz seit dem Rückzug des Gründers im Jahre 1991 abgeblättert ist, die Konzepte sich mit den rasch wechselnden Chefs veränderten und NESTLÉ sich die Glacemarke einverleibt hat: Ein paar Dinge haben sich kaum verändert.

So kann sich die Weinkarte in jedem MÖVENPICK noch heute sehen lassen. Und das Kultgericht Riz Casimir steht seit 1952 auf der Speisekarte. Es vereinigt alles, was damals an Exotik in Mode kam: Parboiled-Reis, Kalbsgeschnetzeltes, Ananas und Herzkirschen aus der Dose, Bananen, Rahm. MÖVENPICK serviert das Gericht, das nicht abgeschafft werden kann, weil die Gäste es nach wie vor vehement verlangen, heute mit frischen Früchten.

Dosenfrüchte, Champignons und über allem Schlagrahm – Stichworte, zu denen auch dem Spitzenkoch André Jaeger Erfreuliches aus der Kindheit einfällt. André Jaeger ist immerhin einer der Wegbereiter der euroasiatischen Gourmet-Küche und figuriert in den Annalen des Guide Gault Millau Schweiz bereits 1988 als Koch des Jahres. Mit seinem Restaurant «Fischerzunft» in Schaffhausen rangiert er seither ununterbrochen unter den fünf bis sieben Köchen, die mit der Höchstnote von 19 Punkten bewertet sind. Nebst der «Fischerzunft» führte André Jaegers Vater Jules gleichzeitig einen Landgasthof im aargauischen Rümikon. Dort servierte er Ende der fünfziger Jahre «ein göttliches Chicken-Curry». André Jaeger, damals etwa 10 Jahre alt, erinnert sich genau, wie sein Vater das Poulet in Brühe pochiert und die Haut abgezogen hat. Aus der Brühe enstand eine rahmige Sauce, nach der sich die Leute die Finger geleckt haben sollen. Dazu gab's natürlich Reis, Ananas aus der Büchse, Mandelsplitter und hart gekochte Eier. André Jaeger lässt sich dieses Gericht auch heute noch gerne ab und zu schmecken, genauso wie die berühmte Tomatensuppe seines Vaters, der gekonnt Frisches mit Fertigprodukten mixte. So setzte er nebst Tomaten und frischen Gewürzen zusätzlich Beutel-Tomatensuppe und Aromat ein. Das Resultat war laut André Jaeger «eine supercremige Suppe, von der langjährige Gäste noch heute schwärmen». Avantgarde-Koch Jules Jaeger führte 1957 in seinem Restaurant das Salatbuffet ein, und an der Expo 64, der Landesausstellung in Lausanne, machte er Furore mit seinem für Schweizer ungewohnten Fisch-Potpourri.

André Jaeger kennt übrigens auch das Geheimnis der wundersamen Verbreitung der Champignons: Der Vertreter der Firma HAUSER, welche die Zuchtpilze damals lancierte, soll nicht nur ein begnadeter Koch gewesen sein, sondern auch ein genialer Vermarkter seiner Rezeptkreationen mit Champignons. Er habe die Kundschaft mit raffiniert angerichteten Buffets überzeugt.

In den Selbstbedienungsläden, mit denen die MIGROS ab 1948 das Land beglückte, gehörten Dosenchampignons zu den beliebtesten Produkten. Ebenso in den günstigen Menüs, welche in den M-Imbissecken ab 1952 angeboten wurden. Sie passten hervorragend in die wachsende Palette an Dosenlebensmitteln und Fertigprodukten wie Stocki und allerlei Saucen, die von der Lebensmittelindustrie auf den Markt geworfen und von den Konsumenten in unschuldigem Fortschrittsglauben freudig aufgenommen wurden.

Aufschwung in den fünfziger Jahren: Die Frauen verlassen die Küche

Zu den ersten Rennern gehörte das Fertigfondue, das man in der Deutschschweiz Anfang der fünfziger Jahre noch gar nicht gekannt hatte. Um mehr Käse zu verkaufen, wollte die Schweizerische Käseunion, eine Vermarkterorganisation der Milchwirtschaft, die welsche Spezialität landesweit bekannt machen. Zu diesem Zwecke gab sie 1955 der führenden Werbeagentur GISLER & GISLER in Zürich eine Werbekampagne in Auftrag. Gebi J. Schregenberger, späterer CEO, damals junger Kreativmitarbeiter, sieht seinen legendären Chef Kaspar Gisler noch heute vor sich, wie er, die Füße auf dem Pult und die Hermes Baby auf den Knien, den Spruch erfand: «Fondue isch guet und git e gueti Luune.» Dass später alle möglichen Leute einen der erfolgreichsten Slogans der Schweizer Werbegeschichte kreiert haben wollen, amüsiert Schregenberger. «Die Kampagne schlug sofort ein. Doch da gab es das Problem, dass niemand die nötigen Utensilien zu Hause hatte. Es gelang uns, den Inhaber des Haushaltgeschäfts Sibler zu überzeugen, sofort Rechauds und Caquelons ins Sortiment aufzunehmen.» Während Jahren zog die Agentur den phänomenalen Spruch durch. Die Kampagnen und die Sujets wechselten, doch der *Figugegl*, so die interne Abkürzung, musste stets in einer Ecke placiert sein. Bevor ein Inserat in Druck ging, kam immer Schregenbergers Kontrollfrage an die Grafik: «Ist der *Figugegl* drauf?» Anfang der siebziger Jahre schien der Slogan ausgedient zu haben. Doch neue Sprüche wie etwa «Hüt isch Fondue-Wätter» konnten sich beim Publikum nicht durchsetzen. Deshalb kamen die Werber auf die Idee, den bekannten Spruch als Pointe gleich in seiner Abkürzung zu lancieren. «Die Auftraggeber von der Käseunion in Bern lachten uns bei der Präsentation aus», erzählt Schregenberger. «Wir starteten dann eine Marktumfrage. Das Ergebnis war überwältigend: 80 Prozent der Befragten fanden *Figugegl* gut. Danach durften wir sofort loslegen, und das erste Plakat schlug auch gleich rassig ein.»

Als Waadtländerin schätzte Marianne Kaltenbach Fondue; sie servierte es lauwarm und mit jungen Kartoffeln. Den benötigten Vacherin-Käse ließ sie sich – ebenso wie die geliebten Waadtländer Saucissons – per Post in die Deutschschweiz schicken. Doch auch ihr konnte es passieren, dass das Fondue misslang. Ihr Sohn Peter, damals 14 Jahre alt, weiß noch genau, unter welchen Umständen: «Sie war in Eile, auf dem Sprung, um mit Fritz Kaltenbach, ihrem frisch angetrauten zweiten Mann, auszugehen. Das für mich und meinen zwölfjährigen Stiefbruder Rolf vorbereitete Fondue zog endlose Käsefäden. Wir hatten Spaß daran und zogen in

Mutters Abwesenheit ‹Seilbahnen› quer durchs Esszimmer. Leider kehrte sie nochmals zurück und erwischte uns dabei. Es setzte eine gehörige Standpauke ab, denn meine Mutter war strikte gegen das Spielen mit Nahrungsmitteln.»

Die Frauen, die in schwierigen Zeiten mitgeholfen hatten, den Unterhalt der Familien zu bestreiten, ließen sich nicht mehr so einfach an den Herd zurück schicken. Als die Wirtschaft Mitte der fünfziger Jahre zu boomen begann, wollten sie nicht nur den Aufschwung, sondern auch das freie Wochenende genießen. Ein paar Jahre später wollten das dann auch die Wirte. Es wurde immer schwieriger, sonntags ein geöffnetes Lokal zu finden, das kein Ausflugsziel war. Der Brunch, das späte Frühstück nach amerikanischem Vorbild, verdrängte den Sonntagsbraten. Zu den Ersten, welche diese Mischung aus Breakfast und Lunch einführten, gehörten die MÖVENPICK-Hotels. Besondern Zulauf fand das familienfreundliche MÖVENPICK «Grüt-Farm» in Adliswil bei Zürich, ein Landgasthof mit Kinderspielplatz und Geflügelfarm, von der die frisch gelegten Eier sozusagen direkt aufs Brunchbuffet gelangten. Und natürlich stand dort auch das beliebte «Güggeli» auf der Speisekarte , das gebratene Huhn, in allen möglichen Variationen. Das ist übrigens immer noch so. Heute kann man sich die Hühnergerichte auch vom Chicken-Taxi nach Hause bringen lassen. Poulet mit Pommes frites entwickelte sich zur Lieblingsspeise der Nation. MIGROS verkaufte die braun gebratenen Poulets vom Drehgrill ganz oder halb in Warmhaltefolien. Ab 1958 lieferte die Zürcher Mosterei ZWEIFEL die Pommes Chips im Frischhaltebeutel dazu. Da brauchte die Hausfrau keine Kartoffeln mehr zu rüsten, und die Fritteuse, eine der gefragtesten Haushaltanschaffungen dieser Zeit, blieb kalt. Das ersparte unangenehme Ölgerüche und Reinigungsarbeiten im Haus. Das Gemüse zum fettigen

Menü musste auch nicht mehr selbst gekocht werden: Erbsli und Rüebli aus der Büchse galten als das höchste der Gefühle. Für etwas Frische sorgten das obligate Büschel krause Petersilie, Zitronenscheiben oder ein paar Schnitze holländischer Treibhaustomaten auf dem Tellerrand. Manche Restaurants setzten voll aufs «Poulet im Chörbli», und einige tun das nach wie vor erfolgreich. Das bezeugen die zahlreichen angejahrten Schilder entlang der Axenstraße am Vierwaldstättersee.

Mit dem neu angeschafften Auto fuhren die Familien in den Schulferien ans Adriatische Meer nach Rimini oder Riccione. Und brachten die Liebe zur italienischen Küchenkultur mit nach Hause. Was dann allerdings als Tomatenspaghetti auf die heimischen Tische kam, hatte wenig gemein mit dem Original. Die Sauce bestand hauptsächlich aus Tomatenpüree. Pelati, die geschälten Tomaten in Dosen, gehörten damals noch nicht zur Grundausstattung eines jeden Vorratsschrankes. Zwar trafen sich die heimwehkranken Emigranten aus dem Süden bereits Anfang des 20. Jahrhunderts in eigenen Lokalen. Dort blieben sie jedoch lange Zeit unter sich. Etwa im famosen «Ristorante Ferlin» in Zürich, das als «Chiantiquelle» seit 1907 existiert und von den Schweizern erst seit Mitte der fünfziger Jahre frequentiert wird.

Die sechziger Jahre: Poulet im Chörbli und Tomatenspaghetti

Pasquale Aleardi zog 1950 als 17-Jähriger aus Kalabrien in die Schweiz. Er litt unter Heimweh und realisierte rasch, dass vertrautes Essen das beste Mittel dagegen ist. In seinem Zimmer in Dietikon ZH versorgte er sich und seine Landsleute mit Käse, Salami und Wein. Daraus entwickelte sich rasch ein schwungvoller Handel. Zusammen mit seiner Frau Antonietta baute er sein italienisches Lebensmittelgeschäft auf, mit dem er bald Großkunden und Restaurants belieferte. Er war einer der Ersten, der Mozzarella aus Kampanien, der Heimat seiner Frau, in die Schweiz importierte. «Anfangs, so 1966/67, verkauften wir den einfachen Mozzarella aus Kuhmilch; ab 1987 begann die Riesengeschichte mit dem Mozzarella di bufala.» Seither mögen die Schweizer auf ihren liebsten Salat «Caprese» – Tomaten mit Mozzarella und Basilikum – nicht mehr verzichten. Und neuerdings müsse es unbedingt «Burrata» sein. Von 4–6 Kilo wöchentlich habe sich der Verkauf der Bufala-Mozzarella mit dem buttrigen Kern heute auf das Zehnfache gesteigert, erzählt Aleardi, der mit bald 70 Jahren noch jeden Tag von frühmorgens bis spätabends in seiner Familienfirma präsent ist, obwohl mittlerweile vier seiner Töchter den Laden im Griff haben. Aus Platzgründen ist das Engrosgeschäft längst von Dietikon nach Schlieren umgezogen. Doch die Privatkundschaft ließ sich nicht aussperren, und wer schon mal an einem Samstagmorgen auf dem Wagi-Areal bei QUADRIFOGLIO eingekauft hat, kommt immer wieder. Da gibt's stets etwas zu degustieren, und die Großhandelspreise locken ganze Familien und Wohngemeinschaften an. Manche Kunden treffen sich dort allwöchentlich zum Apéro.

Die Italianità hatte also Einzug gehalten in der Schweiz. Das schlug sich auch in Marianne Kaltenbachs erstem Kochbuch nieder. «Pikantes Gebäck» hieß das kleine Werk, das 1967 erschien und nebst auserlesenen französischen Spezialitäten auch 12 Pizza-Rezepte enthielt.

Von da an ging es Schlag auf Schlag mit Mariannes Büchern und Broschüren, die Jahr für Jahr und zu allen möglichen kulinarischen Themen in die Buchhandlungen und in die Küchen der Schweizer gelangten. Seit 1966 residierte sie mit Fritz Kaltenbach in der Villa Belvoir in St. Niklausen, in der auch ihre florierende kulinarische Werbe- und Promotionsagentur CULINAS ihren Sitz hatte. Dort betrieb Marianne Kaltenbach auch eine Testküche für ihre Rezepte. 1970 begann ihre Zusammenarbeit mit dem Berner Verlag HALLWAG mit der Herausgabe des Buches «Tessiner Küche». Im selben Jahr erschienen ihre ersten PR-Rezepte im Auftrage der Schweizerischen Kartoffelkommission: 12 Kärtchen unter dem Motto «Klug ist, wer Kartoffeln isst». Mit ihrer unkomplizierten Art des Kochens traf sie den Nerv der Zeit. Für das damalige «Tiefkühl-Institut» gab sie Tipps im Umgang mit gefrorenen Lebensmitteln, und der Pfannenhersteller KUHN RIKON ließ sie Rezepte austüfteln, die sich für die Zubereitung im Dampfkochtopf eigneten.

Die siebziger Jahre: Marianne, Betty, Alice und Elfie bringen die Männer zum Kochen

Eine junge Generation entdeckte das Kochen. Die 68er hatten sich auf der Straße ausgetobt und bekochten sich nun gegenseitig ihren WG's. Es begann mit einfachen Gerichten wie Gschwellti mit Butter und Käse und Spaghetti in den wildesten Varianten. Dazu standen Riesenschüsseln mit gemischtem Salat auf den Tischen. Getrunken wurde billiger Chianti aus dem Korb-Fiasco. Abwechslung in den Speiseplan und eine erhebliche Qualitätssteigerung brachte 1971 die erste Auflage von «Aschenbrödels Küche», Alice Vollenweiders Plädoyer für die einfache, schmackhafte Küche, das sich unter intellektuellen Kochlehrlingen zum Kultbüchlein entwickelte. Und dann kam Betty Bossi und verbreitete ihre «Alltagsrezepte mit Pfiff». Die zu Werbezwecken erfundene Figur des UNILEVER-Konzerns machte der real existierenden Marianne Kaltenbach ab 1973 Konkurrenz. Die praktischen Ringbücher mit farbigen Bildern dienten unter anderem dazu, den später verpönten Butterersatz Margarine zu vermarkten. Das interessierte die zahlreichen jungen Männer, welche die Küche als kreatives Betätigungsfeld entdeckt hatten, jedoch nur mäßig. Hauptsache, die Rezepte gelangen mit Garantie. Was sie auch wirklich taten und noch tun. Marianne Kaltenbach konterte 1977 mit dem Buch «Ächti Schwizer Chuchi», ihrem Standardwerk zur traditionellen Schweizer Küche. Zwei Jahre danach landete die autodidaktische Köchin Elfie Casty mit «Seitensprüngen in der Küche» ihren ersten Bestseller. Als sie ihr Restaurant im bündnerischen Klosters aus gesundheitlichen Gründen aufgeben musste, begann sie ihr gesammeltes Kochwissen in Buchform herauszugeben. Ihre handgeschriebenen, puristisch gestalteten und im Eigenverlag veröffentlichten Liebeserklärungen an die ehrliche Basisküche sowie ihre sorgsamen und ausführlichen Rezepte begeisterten die ambitionierten Amateure.

Das archaische Poulet wurde in seine Bestandteile zerlegt, die zarten Brüstchen in unendlichen Variationen auf die schneeweißen Teller drapiert. Dank Elfie Casty lernten die Schweizer, wie man Ravioli selber zubereitet. Gerade rechtzeitig, hatte doch am 10. März 1978 die TV-Sendung «Kassensturz» den Konsumenten den Appetit auf Dosenravioli mit zweifelhaftem Inhalt gründlich vermiest. Glücklich, wem es gelang, einen der limitierten Plätze in den Kochkursen zu ergattern, die Casty im intimen Rahmen ihrer Wohnung in Klosters gab. Kochkurse galten in dieser Zeit als relevante gesellschaftliche Anlässe, an denen man sich über toskanisches Olivenöl austauschte und an denen sich zunehmend Männer beteiligten.

Männer, die sich in der Folge zu Hause an den Herd stellten, um ihren Freundeskreis mit ihrer frisch erworbenen Kochkunst zu beeindrucken. Mit wachsenden Ansprüchen schaukelten sich manche in einer Art Wettbewerb gegenseitig zu Höchstleistungen hoch. Ich erinnere mich an eine Einladung Mitte der siebziger Jahre, bei der mir ein Freund aus der linken Szene einen exzellenten Mehrgänger servierte und von einem gewissen Frédy Girardet und dessen sagenhaftem Restaurant in Crissier bei Lausanne schwärmte. Langsam verbreitete sich die Kunde von der «Nouvelle Cuisine», einer auf ihre Grundzutaten reduzierten und neu interpretierten klassischen französischen Küche, zu deren Propheten Girardets Vorbild, der französische Meisterkoch Paul Bocuse, gehörte. Dessen Restaurant ob Lyon geriet zur Pilgerstätte der Gourmets.

Die TV-Shows von Paul Bocuse boten lange vor Jamie Oliver höchsten Unterhaltungswert. Mit dem Schweizer Hersteller KUHN RIKON lancierte Bocuse eine Pfannenserie unter seinem Namen, deren Verkauf die Erwartungen jedoch nicht erfüllte. Immerhin begegnete ihm bei dieser Gelegenheit Marianne Kaltenbach, mit der er sich blendend verstand und die er danach verschiedentlich wieder traf. Derweil Frédy Girardet zum genialsten Koch der Schweiz aufstieg und 1989 vom französischen Gastroführer Gault Millau zum Jahrhundertkoch gekürt wurde. Eine Ehre, die zuvor nur zwei französischen Köchen zuteil wurde, Paul Bocuse und Joël Robuchon. Der deutsche Küchen-Zampano Eckart Witzigmann ergänzt die illustre Runde der Jahrhundertköche. Frédy Girardet überließ sein Restaurant 1996 seinem langjährigen Küchenchef Philippe Rochat, der es auf dem hohen Niveau seines Vorgängers weiterführt.

Marianne Kaltenbach hat all die aufregenden Entwicklungen in der schweizerischen Gastrolandschaft mitgeprägt. Als Promoterin für die Produkte ihrer Werbekunden demonstrierte sie dem interessierten Publikum den Umgang mit der Mikrowelle oder dem Wok. In ihren Büchern zeigte sie zunehmend Persönlichkeit. Eine weise Entscheidung angesichts der inflationären Menge an Kochbüchern, die den Markt zu überfluten begannen. Ihr 1978 erschienenes Buch «Kreativ kochen» bedeutete ihr viel; sie hatte darin zu ihrem eigenen, leichten Stil gefunden, dank dem sie ihr zeitweiliges Übergewicht verlor. Das Buch spiegelte Erfahrungen mit Teilnehmern aus ihren Kochkursen wider. Im Vorwort ermunterte sie ihre «Jünger» zu Kreativität in der Küche. Dazu zählte sie etwa das Entschlacken und Vereinfachen von überladenen Klassikern. Das Beispiel der Suppe illustriert einmal mehr den Zeitgeist. Die währschafte Brühe wurde einreduziert auf das Süppchen, etwa eines aus Avocado, einer kulinarischen Entdeckung dieser Zeit. Sie zeigte wunderbare Variationen von Quiches: mit Kräutern, Lachs, grünem Spargel, Zucchetti, Meeresfrüchten und mehr. Kaltenbach kombinierte Heimisches mit exotischen Zutaten, als hier noch niemand von «Fusion-Cuisine» sprach. Sie nahm sich Anleihen aus Asien, vermählte Süßes und Saures und warnte gleichzeitig vor übertriebener Originalität und dem Vermischen von allem und jedem. Sie lebte selbst mit den Widersprüchen, fragte sich und ihre Leserinnen, ob denn Desserts überhaupt noch gefragt seien, um alsogleich das Rezept eines Großmutter-Klassikers und den passenden Süßwein, eine Novität für die Schweizer, zu verraten. Bei allen Höhenflügen verlor Marianne Kaltenbach nie die Bodenhaftung und die Freude an dem, was sie tat. Den 1979 publizierten kulinarischen Ferienerinnerungen aus Spanien und Frankreich ist das Herzblut anzusehen, das darin steckt.

Die von Marianne handschriftlich verfassten «Rezepte aus meiner Mühle» mit den liebevollen Illustrationen von Ehemann Fritz Kaltenbach gerieten zu einem kleinen Kunstwerk, das prompt mit Buchpreisen ausgezeichnet wurde. Es enthielt alle Ingredienzen des Südens, die von den Schweizern mehr und mehr adoptiert wurden.

Die wachsende Anzahl Gourmet-Restaurants, die sich der französischen Küchenrevolution angeschlossen hatten, veranlasste das Verlagshaus Ringier 1981 zur Publikation der Schweizer Ausgabe des Guide Gault Millau. Mit dem damaligen Chefredaktor Silvio Rizzi bekam die heimische Restaurantkritik ihren legendären «Gastropapst». Marianne Kaltenbach, inzwischen eine kulinarische Instanz, ließ sich als Restauranttesterin anheuern, hörte damit jedoch bald wieder auf, weil sie mit dem «Raben» in Luzern ihr eigenes Lokal betrieb, das sich an der mediterranen Marktküche orientierte. Zu den Wegbereiterinnen der neuen Küche zählten auch einige talentierte Frauen wie Agnes Amberg oder Rosa Tschudi. Trotzdem war und blieb die Hochküche eine Männerdomäne. Die Köche avancierten zu Medienstars. Vom Start weg dabei war Horst Petermann, dessen 19-Punkte-Restaurant in Küsnacht ZH jüngst das 25-jährige Bestehen feiern konnte. Und Heinz Witschi, dem Marianne Kaltenbach stets eine hilfreiche Kollegin war, wenn es um deutsch-französische Übersetzungen von Rezepten und Speisekarten ging. Er zelebriert heute im Kreise seiner Stammgäste und unter Verzicht auf die Weihen der Gastrokritik in Unterengstringen bei Zürich seine «Sonnenküche». Einst gehörte er zu den wildesten der jungen Köche. Für sein 1979 in Zürich eröffnetes Restaurant «Rebe» pflegte er die allerfrischesten Fische und Meeresfrüchte zweimal wöchentlich mit dem Familienjet vom Pariser Großmarkt Rungis persönlich einzufliegen. Ein Aufwand, der sich zumindest so lange lohnte, als die «Nouvelle Cuisine» – zeitgleich mit der Hausse an der Börse – in ihrer Blütezeit stand. In den goldenen achtziger Jahren konnte es ein gut kalkulierender Koch zu Vermögen bringen, ließen sich doch die Spesenritter aus Banken und Wirtschaft die Kundenpflege einiges kosten. Der Spaß endete mit der Krise, die der Golfkrieg 1990/91 ausgelöst hatte. Vorbei war es mit den ausgedehnten Mittagessen der Geschäftsleute, die teuren Prestigeweine blieben in den Kellern liegen und manches Spitzenrestaurant auf der Strecke.

Die neunziger Jahre: Sandwichs und Thai-Food

Probleme, die den meisten Leuten höchstens aus den Medien bekannt waren, jedoch ihren Alltag nicht wesentlich beeinflussten. Die wenigsten kannten ein Gourmet-Restaurant von innen. Mit dem Stichwort «Nouvelle Cuisine» assoziierten sie riesige Teller mit winzigen Portionen zu überteuerten Preisen. Was nicht in jedem Fall falsch war. So oder so fehlte mittags meist die Zeit für große Gelage; diese verschoben sich auf den Abend. In der kurzen Pause mussten Sandwichs und belegte Brötli reichen. Das Angebot konnte sich sehen lassen, wie der Blick auf die Speisekarte der MIGROS-Restaurants im Jahre 1983 zeigt: Toast mit Thon und Zwiebeln, mit Käse, mit Salami, Ei und Essiggurken, Schinkenbrötli, Spargelbrötli mit Gelee überzogen, Quarkbrötli, Roastbeef mit Kapern, Selleriebrötli mit Ananas und Kirschen, Eierbrötli, Laugenbrötli, Brötli mit Lachs oder Krevetten. Unter den kleinen warmen Speisen tauchten dort erstmals die indonesischen Reis- und Nudelgerichte Nasi Goreng und Bami Goreng auf, die asiatischen Lieblinge der Schweizer, die dem überaus beliebten

Thai-Food den Boden vorbereiteten. Nicht fehlen durfte der Toast Hawaii, ein beliebtes Relikt aus den sechziger Jahren, der Zeit der Dosenwunder und Schmelzkäsescheiben. Er geriet 1987 im Zusammenhang mit dem «Mordfall Kehrsatz» in die Schlagzeilen und fiel danach in Vergessenheit.

Spätestens seit den neunziger Jahren ist die Schweiz definitiv ein sattes Land, im dem kaum jemand hungern muss. Im Gegenteil. Alle sieben Jahre ermittelt das Bundesamt für Gesundheit in einem «Schweizerischen Ernährungsbericht» den Gesundheitszustand der Bevölkerung im Zusammenhang mit den Essgewohnheiten. Mit mehr oder weniger gleichem Ergebnis: Bereits 1984, als der zweite Bericht herauskam, lautete der Tenor: Wir essen zu viel, zu fett und bewegen uns zu wenig. Und das trotz erster Fitnesswelle und mediterraner Olivenöl- und Kräuterküche.

Doch so einfach ließen sich Schweizers die frisch erwachte Lust am Essen und Trinken nicht nehmen. Grassierender Rinderwahnsinn und andere Folgen von Massentierhaltung und naturferner Produktion führten zu mehr Bewusstsein im Umgang mit Lebensmitteln. Nirgendwo stellten so viele Bauern so rasch auf Bioanbau um wie hierzulande, nicht zuletzt dank Subventionen. Selbst vom Hunger an andern Orten der Welt ließen sich die Menschen hier nicht den Appetit verderben. Zum Ausgleich kauften sie Produkte aus fairem Handel. Zu Krisensituationen kam es Mitte der achtziger Jahre allenfalls, wenn der Mascarpone für die Zubereitung des Modedesserts Tiramisù in allen Läden ausverkauft war. Als man sich daran satt gegessen hatte, schlemmte man Panna Cotta oder Mousse au chocolat bis zum Abwinken. Dann folgte der ganz schwarze Schokoladekuchen ohne Mehl, dafür mit Crème fraîche. Heute geht alles wieder. Überhaupt essen wir je länger, desto lieber dunkle Schokolade mit hohem Anteil an reinem Kakao. Noch vor wenigen Jahren hegten die Deutschschweizer – im Gegensatz zu den Landsleuten im Süden – eine deutliche Vorliebe für Milchschoggi.

Ab 2000: Alles geht – Der Sonntagsbraten ist zurück

Mit der Fusionsküche konnten sich die Schweizer nicht anfreunden. Multikulturelles mögen sie zwar sehr, jedoch nacheinander, nicht miteinander. Quer durchs Land essen sie heute Sushi, morgen Thai-Food oder Hörnli mit Gehacktem. Wir lieben unseren Würstlistand ebenso wie die Pizza, die der Kurier bringt. Und kaufen abwechslungsweise direkt ab Bauernhof ein oder bei GLOBUS DELICATESSA. MIGROS und COOP bieten für jeden Geschmack und jedes Budget eine eigene Linie, von billig bis Luxus, und vertreiben ihre Produkte mit wachsendem Erfolg übers Internet. Wie der Rucola-Salat lässt sich auch das Cüpli nicht mehr vertreiben, obwohl in den heutigen Apéro-Gläsern nicht mehr Champagner perlt wie in den achtziger Jahren, sondern Prosecco. Trendrestaurants wie das Zürcher «Kaufleuten» führen den Sonntagsbraten wieder im Programm. In den Städten konnte sich eine vielfältige Gastronomie etablieren. Um ein Restaurant eröffnen zu dürfen, brauchte es seit Anfang der neunziger Jahre kein Wirtepatent und keinen Bedürfnisnachweis mehr. Durch die Konzentration auf dem Biermarkt fiel auch das Monopol, mit dem die Brauereien manche Quartierbeiz belegten, von denen nun nicht wenige mit weißem Gedeck und saisonaler Küche sowie mit einer eigenen Version der unvermeidlichen Kürbissuppe aufwarten. Das breit gefächerte Angebot wird von der ausgehfreudigen Kundschaft rege genutzt, selbst wenn da und dort zu wenig Leistung für den stolzen Preis in einer schicken

Lokalität erbracht wird. Obwohl Zürich nicht die Kadenz von London oder New York hat – auch hier öffnen und schließen die Restaurants schneller ihre Türen als früher.

Marianne Kaltenbach musste ihr Luzerner Restaurant «Raben» 1989 schließen. Ehemann Fritz war gestorben, und nun schaffte es selbst die unglaublich effiziente Frau Kaltenbach nicht mehr, all ihre unterschiedlichen Tätigkeiten unter einen Hut zu bringen. Immerhin hatte sie in den knapp zehn Jahren, in denen sie den «Raben» führte, einige ihrer besten Bücher veröffentlicht. In Zusammenarbeit mit Virginia Cerabolini erschien 1982 «Aus Italiens Küchen». 1985 brachte sie zwei dicke Werke zu Monothemen heraus: «Geflügel» und «Meine Fischküche». Damit half sie entscheidend mit, dass sich die Schweizer vom Fischstäbchen verabschiedeten und ihre Angst vor ganzen Fischen ablegten. 1988 legte sie ihr umfangreiches Buch mit vegetarischen Rezepten vor. Und ließ es sich nicht nehmen, dauernd auf Achse zu sein. Sei es in Südfrankreich oder mit dem Luzerner Tourismusdirektor Kurt H. Illi auf Promotions-Tour in Asien. Dort kochte sie in TV-Shows Schweizer Spezialitäten und ließ sich im Gegenzug von den fremden Kochkulturen inspirieren.

Damit hatte sie ihrem Publikum viel Neues zu bieten. Inzwischen konnte es sich keine ernst zu nehmende Publikation mehr leisten, das Thema Kochen und Essen zu vernachlässigen. Es war ein weiter Weg, den Marianne Kaltenbach seit ihren ersten Rezeptveröffentlichungen im «Nelly-Kalender» der frühen sechziger Jahre zurückgelegt hatte. Ab 1974 erschienen ihre Rezeptkarten zum Sammeln regelmäßig in der ANNABELLE, von ihr in Zusammenarbeit mit dem Koch Friedrich-Wilhelm Ehlert in der Villa Belvoir ausgeheckt, getestet und unter Mithilfe von langjährigen Mitarbeiterinnen wie Beatrice Bösch-Heller niedergeschrieben, vom

Grafiker und Fotografen Ernst Schätti in Szene gesetzt. Mit diesem Team gelang es Marianne Kaltenbach, die Agentur CULINAS bis 1996 weiterzuführen. Sie blieb auch nach dem Verkauf der Agentur nicht untätig, reiste neugierig wie eh und je durch die Welt. Ein paar Monate vor ihrem Tod im Jahre 2005 ließ sie sich von der Zeitschrift SCHWEIZER FAMILIE als Kolumnistin engagieren. Ihre Ratschläge waren auf der Höhe der Zeit, konnte sie doch den Lesern erklären, was *fleur de sel* ist, und wusste auch sonst genau, welche Koch- und Essensfragen sie beschäftigten. Was sie von der Molekularküche, der jüngsten Kochmode, hielt, ist leider nicht überliefert. Da sie von Physik, Chemie und Biologie zeitlebens fasziniert war, kann man sich vorstellen, dass es ihr Spaß gemacht hätte, die Substanzen der Lebensmittel in ihrer Form zu verändern.

Möglicherweise teilte sie jedoch die Ansicht ihres großen Kollegen Frédy Girardet, der dahinter ein Portion Snobismus vermutet und der eine verfeinerte Basisküche, die die kulinarischen Traditionen respektiert, für wesentlich interessanter hält. So wie es Marianne Kaltenbach in ihrem letzten Werk, dem nun postum publizierten Buch «Aus Frankreichs Küchen», vorgesehen hatte.

Und der Milchkaffee tarnt sich mit einem Häubchen als Latte macchiato.

Werkverzeichnis Marianne Kaltenbach

Pikantes Gebäck. Pizza, Krapfen, Kuchen und auserlesene Spezialitäten. Nelly Hartmann-Imhof, Marianne Kaltenbach. — Küsnacht/Zürich: Emil Hartmann, 1967.

Desserts. — Zürich: Emil Hartmann, 1968.

297 Saucen. Illustrationen: Fritz Kaltenbach. — Zürich: Emil Hartmann.

Meine liebsten Saucengerichte. Illustrationen: Fritz Kaltenbach. — Zürich: Emil Hartmann.

Gastfreundschaft unkompliziert. Tips, Menus und Rezepte für große und kleine Einladungen. Zeichnungen: Fritz Kaltenbach. — Zürich: Emil Hartmann, 1968.

Aluwunder. Rezepte, Tips und Tricks für den Gebrauch der Aluminiumfolie im modernen Haushalt. — Zürich: Schweizerische Aluminium AG, 1969.

Fein mit Wein. Die wichtigsten Weine Europas. Mit 110 Rezepten. Illustrationen: Fritz Kaltenbach. — Winterthur: Fabag+Druckerei Winterthur, 1970.

Die «schnellsten» Kartoffelgerichte. Rezeptkarten. — Bern/Düdingen: Kartoffelkommission und Eidgenössische Alkoholverwaltung, 1970.

Evergreens. Kartoffelgerichte aus Großmutters Küche; Rezeptkarten. — Bern/Düdingen: Kartoffelkommission und Eidgenössische Alkoholverwaltung, 1970.

Die Kartoffelparty. Rezeptkarten. — Bern/Düdingen: Kartoffelkommission und Eidgenössische Alkoholverwaltung, 1970.

Tessiner Küche. — Bern: Hallwag, 1970 / Baden: AT-Verlag, 2002.

Spielend kochen. Kulinarische Hits – schnell und unkompliziert. Marianne Kaltenbach, Fred Feldpausch. — Winterthur: Fabag+Druckerei Winterthur, 1971.

Tiefkühlen und Auftauen. — Schweizerisches Tiefkühlinstitut, 1971.

Spanien kulinarisch. Ferienerinnerungen mit vielen feinen Rezepten. Illustrationen: Fritz Kaltenbach. — Basel: Chaîne des Gourmets, Thomi+Franck, 1972.

Dampfkochen mit Marianne Kaltenbach. — Rikon: H. Kuhn Metallwarenfabrik, 1973.

Information über Tiefkühlgemüse / Procédé pratique sur légumes surgelés. — Grenchen: Howeg/Bonduelle, Howeg.

Gute Weine – frohe Gäste. — Marianne Kaltenbach, 3. Auflage, 1974.

Süßes und Pikantes aus dem Backofen. Wähen, Pizzen, Krapfen und Pasteten. Illustrationen: Fritz Kaltenbach. — St. Niklausen/Luzern: Marianne Kaltenbach, 1974 / Wangen: Leisi AG, 1974.

Fritures. Illustrationen: Fritz Kaltenbach. — St. Niklausen/Luzern: Marianne Kaltenbach.

Backen – ein Hobby. Illustrationen: Fritz Kaltenbach. — Rikon: Marianne Kaltenbach und H. Kuhn Metallwarenfabrik, 1975.

Freude am Grill. Rund ums Grillieren. Illustrationen: Fritz Kaltenbach. — Rikon: Marianne Kaltenbach und H. Kuhn Metallwarenfabrik, 1975.

Schnell gekocht für zwei. Die besten Rezept-Ideen mit pikanten Varianten. Zeichnungen: Ingrid Schütz. — München: Gräfe und Unzer, 1975.

Abwechslungsreiche Menus und Rezepte für Diabetiker. Wertvolle Diät auch für Familie und Gäste. — Zürich: Hermes Süßstoff AG, 3. Auflage, 1975.

Gutes aus dem Schnellkochtopf. Rat und raffinierte Rezept-Ideen zu allen Schnellkochgeräten. Zeichnung: Ingrid Schütz. — München: Gräfe und Unzer, 1976.

Birnen-Rezepte. — Bern: Eidgenössische Alkoholverwaltung, 1976.

Zwetschgen-Rezepte. — Bern: Eidgenössische Alkoholverwaltung, 1976.

Kochen für dich und mich. Das 2-Personen-Kochbuch mit Herz. — München: Gräfe und Unzer, 1976.

L'art culinaire de la Suisse centrale. Quelques recettes de: Lucerne, Schwytz, Unterwald (Obwald et Niedwald), Uri, Zoug. Académie suisse des Gastronomes, Club Prosper Montagne, № 2. — Colombier: Gessler & Cie, 1976.

Ächti Schwizer Chuchi. Schweizer Küchenrezepte rund ums Jahr, gesammelt und hrsg. von Marianne Kaltenbach. — Bern: Hallwag, 1977 / München: Gräfe und Unzer, 2001. Erscheint in Deutschland und Österreich unter dem Titel «Aus Schweizer Küchen».

Weniger Kalorien! — Zürich: Migros-Genossenschafts-Bund.

Richtig essen – aber wie? — Zürich: Migros-Genossenschafts-Bund, 1977/84.

Das Beste aus der Bratfolie. Rat und raffinierte Rezept-Ideen zu allen Folien. Zeichnungen: Ingrid Schütz. — München: Gräfe und Unzer, 1977.

Tranchieren, Flambieren und Kochen am Tisch. Für alle, die es genau wissen wollen. Charles Foery; Marianne Kaltenbach. — St. Niklausen/Luzern: Kaltenbach, 1977.

Die leichte Küche. Die neue Art, schmackhaft und gesund zu kochen. (Die Durotherm-Kochmethode.) — Rikon: Marianne Kaltenbach und Heinrich Kuhn Metallwarenfabrik, 1977.

Cuisine petit budget. Les secrets des bonnes recettes familiales. Marianne Kaltenbach, René Simmen. Rédaction: Catherine Debacq, Madeleine Groll; Illustrationen: Heinz von Arx, Urs Maltry. — Zofingue: Editions Ringier, 1978. Traduit de: «Das große neue schweizerische Familienkochbuch: Gut essen für weniger Geld.»

Kreativ kochen. Die neue Art besser, leichter und abwechslungsreicher zu kochen. Zeichnungen: Ernst Schätti. — Bern: Hallwag-Verlag, 1978.

Gutes vom Grill. Die besten Rezepte für den Elektrogrill. —
Meggen: Erb, 1978.

Modern kochen – dampfkochen. Illustrationen: Fritz Kaltenbach; Fotos: Culinas AG, St. Niklausen/Luzern. —
Rikon: Heinrich Kuhn, Metallwarenfabrik AG, 1978.

Rezepte aus meiner Mühle. Kulinarische Erinnerungen an Frankreich und Spanien mit 150 Gerichten aus meiner Ferienküche. Illustrationen: Fritz Kaltenbach. — Luzern: Druckerei Keller, 1979.

Leicht und gesund kochen. Neue Rezepte und viele Tips für's Würzen.
71 Rezepte aus «Kreativ kochen». —
Bern: Schweizerisches Rotes Kreuz, 1980.

Die Schweizer Weine bei Tisch und in der Küche. Führer durch die Weinberge und Weine der Schweiz: mit erlesenen Rezepten zum Kochen mit Wein. Jacques Montandon; ins Deutsche übertragen von Marianne Kaltenbach. — Lausanne: Roth & Sauter, 1981.

Aus Italiens Küchen. Originalrezepte der verschiedenen Regionen Italiens. hrsg. von Marianne Kaltenbach und Virginia Cerabolini. —
Bern/Stuttgart: Hallwag, 1982 / München: Gräfe und Unzer, 2001.

457 **Saucen und Saucengerichte.** Von der klassischen Sauce bis zu neuen, leichten Kreationen. — Luzern: Marianne Kaltenbach, 1983.

457 **Sauces and Sauce Dishes.** From the classical sauce to the new, light creations. Übertragen aus dem Deutschen von Maureen Oberli. —
Vitznau: Marianne Kaltenbach, 1983.

Gut gekocht für meine Gäste. Ein kulinarisches Handbuch für perfekte Gastgeber. 500 Rezepte. — Zürich: Das Beste aus Reader's Digest, 1983.

Cooking in Switzerland. A gastronomic tour through Switzerland, collected, recorded and tested by Marianne Kaltenbach. Translation: Jacqueline Jeffers. — Münster: W. Hölker, 1984. Übersetzung von «Ächti Schwizer Chuchi».

Meine liebsten Pariser Bistrogerichte. Kulinarische Erinnerungen an meine Pariser Reisen mit über 100 nostalgischen Gerichten, «à ma façon» zubereitet. Illustrationen: Fritz Kaltenbach. —
Luzern: Marianne Kaltenbach, 1984.

Seeländer Küche. Alte und neue Rezepte. Mit Bildern und Zeichnungen von Albert Anker. — Bern/Stuttgart: Hallwag-Verlag, 1984 / Murten: Licorne-Verlag, 2004.

Meine Fischküche. Fische, Schalen- und Krustentiere einkaufen, vorbereiten, kochen und genießen: über 250 persönliche und weltweite Rezepte. — Bern/Stuttgart: Hallwag-Verlag, 1985.

Kiwi kreativ. Zur gastronomischen Zähmung einer astronomisch frechen Frucht. Rezepte: Marianne Kaltenbach. Text Markus Bircher. — Auckland: New Zealand Kiwifruit Marketing Board / Zürich: Werbeagentur Peter Berger BSW, 1985.

La cuisine mijotee – aujourd'hui / Schmorgerichte – Heute / Gli Stufati – Oggi. — Le Mont/Lausanne: Melior SA.

Guetzle. Grafik: Fred Bauer. — Egg: Manus-Verlag, 1987.

Backen mit Marianne Kaltenbach. — Egg: Manus-Verlag, 1988.

Kulinarische Streifzüge durch die Provence. — Künzelsau: Siegloch-Edition, 1988.

Meine liebsten Eier- und Käsegerichte. — Bern/Stuttgart: Hallwag-Verlag, 1988.

Meine liebsten Vorspeisen. — Bern/Stuttgart: Hallwag-Verlag, 1988.

Meine liebsten Suppen. — Bern/Stuttgart: Hallwag-Verlag, 1988.

Richtig Lagern, Kühlen, Tiefkühlen. — Zürich: Rio-Verlag, 1988.

Vegetarisch für Gourmets. Über 265 Rezepte rund ums Jahr. Illustrationen: Martin Zbinden. — Bern/Stuttgart: Hallwag-Verlag, 1988.

Backen mit Früchten. — Egg: Manus-Verlag, 1989.

Exklusive Fischrezepte mit delikaten Thomysaucen. Auszug aus «Meine Fischküche» — Hallwag. Thomi+Franck, 1989.

Gemüse-Gratins. — Egg: Manus-Verlag, 1989.

Süße Gratins. — Egg: Manus-Verlag, 1989.

Meine liebsten Exoten-Gerichte. Wissenswertes über 16 exotische Früchte und Gemüse: 44 exklusive Rezepte. — Zürich: Migros-Genossenschafts-Bund, 1989.

Mikrowelle für Feinschmecker. Das große GU-Bildkochbuch für alle Mikrowellen- und Mikrowellen-Kombinationsgeräte; raffinierte Rezepte, die leicht gelingen, für Vorspeisen, Suppen und Beilagen, Fisch und Fleisch, Gemüse und Aufläufe, herzhafte und süße Desserts. Marianne Kaltenbach; Susi Eising. — München: Gräfe und Unzer, 1989.

Gebäck zu Kaffee und Tee. — Egg: Manus-Verlag, 1989.

Geflügel. Einkaufen, vorbereiten, kochen und genießen. Über 250 persönliche und weltweite Rezepte. Marianne Kaltenbach, Friedrich-Wilhelm Ehlert; Fotos und Strichzeichnungen: Ernst Schätti; Farbillustrationen: Elisabeth Zellweger. — Bern/Stuttgart: Hallwag-Verlag, 1990.

Spanisch kochen. Original-Rezepte, die leicht gelingen, und Interessantes über die Küche Spaniens. Fotos: Odette Teubner. — München: Gräfe und Unzer, 1991.

Unsere Kochschule. Marianne Kaltenbach, Friedrich W. Ehlert; Fotos: TLC-Foto-Studio, Velen-Ramsdorf. — Niedernhausen: Falken-Verlag, 1991.

Menu – Gourmetküche. Rezepte von Marianne Kaltenbach. — München: Mosaik-Verlag, 1991.

Salate für Feinschmecker. Meisterhafte Rezepte, die leicht gelingen. Gestaltung der Bildseiten: Foodfotografie Eising. — München: Gräfe und Unzer, 1993.

Wunderbar mit Alustar. Rezepte, Ideen und Tips von Marianne Kaltenbach. — Kreuzlingen: Alu Vertriebsstelle AG, 1993.

Kuchen. Marianne Kaltenbach, Friedrich-Wilhelm Ehlert; Fotos: Ulrich Kopp. — Niedernhausen: Falken-Verlag, 1994.

Japanische Küche. — Niedernhausen: Falken-Verlag, 1995.

Kursbuch Küche. Planen & Einrichten, Küchen- & Kochgeräte, Einkauf & Lagerung, Garen & Genießen. Stefan M. Gergely. Mit 300 einfachen, schnellen, ernährungsbewussten, festtäglichen, üppigen, exotischen, regionalen, vegetarischen, jahreszeitlichen Rezepten von Marianne Kaltenbach; Redaktion: Marianne Kaltenbach. Lizenzausgabe. — Köln: Kiepenheuer & Witsch, 1995.

Italienische Küche. Kulinarische Streifzüge. Marianne Kaltenbach, Remo Simeone; Rezeptfotos von Wolfgang und Christel Feiler. — Niedernhausen: Falken-Verlag, 1996.

Küche & Traditionen im Freiburgerland / Association fribourgeoise des paysannes; übersetzt von Marianne Kaltenbach. 1. Ausgabe in deutscher Sprache. — Fribourg: Editions Fragnière, 1996.

Nudeln. Rezeptfotos: Klaus Arras; Rezepte: Elisabeth Döpp. — München: Gräfe und Unzer, 1996.

So isst man das! Es gibt keine schwierigen Gerichte. Fragen beim Restaurantbesuch, Besonderheiten der internationalen Küche, Getränke und Serviertips. — Berlin: Urania-Verlag, 1997.

Kartoffeln. Rezeptfotos: Michael Brauner; Rezepte: Cornelia Adam. — München: Gräfe und Unzer, 1997.

Meine Mittelmeerküche. Illustrationen: Karin Widmer. — Bern/Stuttgart: Hallwag-Verlag, 1998.

Das passende Getränk zu jedem Anlass. Was jeder Gastgeber wissen muss! — Berlin: Urania-Verlag, 1999.

Gemüse. Elisabeth Döpp; Marianne Kaltenbach; Reinhardt Hess; Martina Kittler. — München: Gräfe und Unzer, 5. Auflage, 2000.

Aus Frankreichs Küchen. Weinempfehlungen: Philipp Schwander; Illustrationen: Lorenz Meier. — Basel: Echtzeit-Verlag, 2008.

Trotz intensiver Recherchen war es nicht möglich, ein vollständiges Werkverzeichnis zu erstellen. Für ergänzende Angaben aus dem Kreis der Leserinnen und Leser sind wir dankbar: info@echtzeit.ch

Zu den Autoren

Leandra Graf, Jahrgang 1950, ist eine der erfahrensten Gourmet-Journalistinnen der Schweiz. Sie arbeitete lange im kulinarischen Ressort der ANNABELLE (u.a. mit Marianne Kaltenbach)und betreut seit fünf Jahren das Gourmet-Ressort der SCHWEIZER FAMILIE.

Christian Seiler, Jahrgang 1961, war Kulturredaktor der WELTWOCHE, Chefredaktor von PROFIL und DU und schrieb für die WELTWOCHE die kulinarische Kolumne «Zu Tisch». Er lernte Marianne Kaltenbach über Vermittlung von Leandra Graf kennen, als er «die Frau, die der Schweiz das Kochen beibrachte», für die WELTWOCHE porträtierte.

1. Auflage. 1. September 2008

ISBN 978-3-905800-17-3

Die Autoren danken für die Unterstützung bei den Recherchen: Oliver Affolter, René Ammann, Carlo Bernasconi, Beatrice Bösch-Heller, Trudi Brülhart, Marianne Gauer und Hans Zurbrügg, Kurt H. Illi, Paul Imhof, André Jaeger, Gaby Labhart, -minu, Oskar Marti, Renate Matthews, Bruno und Maya Murer, Sarah Rieder, Ernst Schätti, Othmar Schlegel, Curt Spörri, Urs W. Studer, Alice Vollenweider, Heinz Witschi.
Speziellen Dank an: Armin Amrein, Peter Berger, Frédy Girardet, François Rothen, Eckart Witzigmann.
Der Verlag dankt: Heike Bräutigam, Marc Brechtbühl, Pascale Brügger, Rea Eggli, Michel Gächter, Patrik Gertschen, Sarah Graf, Lorenz Hauser, Alex Herzog, Patrizia Keller, Pia Rykart, Matylda Walczak, Thomas Wehrle.

Autoren: Leandra Graf und Christian Seiler
Fotografie: Nadja Athanasiou (Farbporträts Marianne Kaltenbach in Villa Belvoir, etwa zwei Monate vor ihrem Tod); Archiv Peter Berger
Gestaltung: Müller+Hess, Basel
Korrektorat: Edgar Haberthür
Lithografie: red.department, Zürich
Druck: CPI – Ebner & Spiegel, Ulm

www.echtzeit.ch

VINI D'ITALIA
LE GRAND LIVRE DU VIN
SEKT
CHAMPAGNE
VINI D'ITALIA
Tropenwelt
Wälder und Bäume
HISTORIC HOUSES
DIE WELT